Kriminalroman

DIE

Delikte
Indizien
Ermittlungen

Ein ungeklärter Mord oder gar zwei – der Alptraum eines jeden Kriminalisten. Für Kommissar Kant wird er Wirklichkeit, als auf der Mülldeponie am Rande einer dörflichen Idylle die Leiche des Platzwarts gefunden wird und damit eine Serie mysteriöser Gewaltverbrechen ihren Ausgang nimmt.

Hans Pfeiffer

DIE

Delikte
Indizien
Ermittlungen

Am Rande des Abgrunds

Verlag Das Neue Berlin

Die Ereignisse und Personen dieses Romans sind erfunden. Übereinstimmungen mit der Wirklichkeit wären jedoch nicht zufällig. Denn die Phantasie entnimmt ihre Fiktionen der Realität.

Montag, 19. August 1991

Es heißt, es gebe eine Anti-Welt. Sie gleiche der unsern, nur mit umgekehrtem Vorzeichen.

Die Anti-Welt soll hinter fernen Galaxien beginnen. Aber so weit ist sie nicht zu suchen. Sie liegt gleich hinter dem thüringischen Dorf Abendröte-Vogelsang, dort, wo die Bergwiese vor einem schroffen Abgrund endet. Sie erstreckt sich vom oberen Rand des Felsenkessels bis hinunter auf die Sohle der Senke. Sie weitet sich täglich aus, langsamer zwar als das explodierende Weltall, doch ebenso unaufhaltsam. Die Anti-Welt besteht aus Pappe und Plast, Blech und Asche und Scherben. Schwelbrände fressen sich immer tiefer in die Müllhalde hinein. Durch den Rauch schwirren Möwenschwärme und kreischende Krähen.

Es stinkt wieder erbärmlich, murmelt Kummernuß. Auf dem Betonplattenweg, der die Bergwiese durchquert, nähert sich der alte Mann der Müllkippe. Er stützt sich auf einen Knotenstock und zieht einen Leiterwagen hinter sich her. Alle paar Tage durchwühlt Kummernuß den Abfall nach Brauchbarem. Die Leute misten unaufhörlich aus, denkt er, als wollten sie dadurch ihre Vergangenheit loswerden. Neues kaufen, das Alte in den Müll! Neues, immer Neues, dann müssen wir uns doch, verdammt noch mal, auch selber erneuern! Neu, das ist das Zauberwort unserer Zeit. Kummernuß verdankt ihm viel. Er hat hier schon so manches gefunden, was sich mit Geduld und Geschick noch für den Trödelmarkt herrichten ließ. Wie neulich die Continental-Schreibmaschine von 1924. Ein Oldtimer, der ihm noch hundertfünfzig Emmchen einbrachte.

Kummernuß steht vor der Schranke, die den Eingang zur Müllkippe sichert. Sie ist geöffnet. Er geht hindurch und hält vor der Wachtbude an, die gleich dahinter steht. Kummernuß wischt sich die Augen, sie tränen vom Rauch.

»He!« ruft er. »Herr Knopf, ich bin's!«

Im Wachthäuschen rührt sich nichts. Hat der Wächter etwa Urlaub? Ein Opel Rekord mit einem Hänger voll Gerümpel bremst scharf neben Kummernuß. Der Fahrer kurbelt das Fenster herunter.

»Geschlossen?«

»Scheint so. Obwohl er dasein müßte. Die Schranke ist ja geöffnet.«

»Na, dann spare ich die Gebühr. Ist ohnehin schon wieder erhöht worden.«

Der Wagen fährt weiter, auf die Kippe zu.

Kummernuß klopft an die Tür der Bude. Keine Antwort. Der Alte schüttelt den Kopf. Wenn Knopf Urlaub macht, müßte doch ein Vertreter hiersein, der kassiert. Sind doch sonst hinter dem Geld her wie der Teufel hinter der armen Seele!

Anfangs war der Felsenkessel noch eine wilde Müllkippe gewesen, wo sich jeder seines Schrotts und Abfalls entledigte. Aber dann witterte die AGRAR GmbH, die frühere LPG, der der Grund und Boden gehört, eine Einnahmequelle. Sie richtete eine ordentliche Deponie her und stellte einen Wächter ein. Knopf hat den angelieferten Müll zu kontrollieren, eine Ablagergebühr zu erheben und jeglichen Sondermüll zurückzuweisen.

Kummernuß steht sich gut mit dem Wächter. Knopf hat immer ein freundliches Wort bereit und läßt dem Sammeleifer des Alten freien Lauf.

Kummernuß drückt die Klinke nieder. Die Tür öffnet sich.

Unverschlossen! Also ist Knopf doch da, vielleicht im Gelände. Wie auch immer, sagt sich Kummernuß, ich bringe nichts, ich hole nur etwas, das ist mir erlaubt. Er greift nach der Wagendeichsel und begibt sich zur Kippe.

Dicht vor dem oberen Rand der Kippe steht der Opel Rekord. Der Fahrer entlädt den Hänger. Er wirft ein Kinderfahrrad, einen Junost-Fernsehempfänger, einen Satz Blumentöpfe, Fensterrahmen und Gardinenstangen den Müllhang hinab. Kummernuß tritt hinzu. Er blickt dem Wasserboiler nach, den der Mann mit Schwung auf die Talsohle hinabschleudert, bis an den Rand des Tümpels, der sich in der Mitte des Kessels gebildet hat. Ölschlieren überziehen das schwarze Wasser. Stahlgerippe, Autowracks, zerbeulte Kühlschränke ragen aus dem Gewässer.

Kummernuß geht am Rand der Senke weiter, bis er auf den Weg stößt, der schräg hinab auf den Boden der Grube führt. Unten angekommen, steht er bald am Fuße des Müllbergs. Täglich rutscht neuer Müll herab. Kummernuß erhofft sich auch heute einen brauchbaren Fund.

Er steigt mehrere Schritte mitten in den Modder hinein, der sich unter seinen Stiefeln knirschend und klirrend auseinanderschiebt.

Kummernuß stützt sich mit dem Knotenstock ab. Manchmal rutscht er aus oder fällt der längelang hin. Schritt für Schritt durchstochert er den Müll. Zerbeulte Bierdosen. Eingedrückte Kartons. Ein Vogelkäfig. DAS GOLDENE BLATT: »Steffi, wir leiden mit dir!« Ein Babystuhl. Ein zersplittertes Radiogehäuse, STERN AUTOMATIC 1421. Hat mal über tausend Mark gekostet, erinnert sich der Alte. Müll jetzt, kein Wunder, mit diesem altmodischen Design. Ein pinkfarbener Anorak. Ein Kälberstrick. Noch gut zu gebrauchen. Kummernuß wirft ihn in den Wagen. Ein zugeknotetes schwarzes Kondom. Schulbücher. Geographie, Russisch, Staatsbürgerkunde. Geographie stimmt sowieso nicht mehr,

Russisch ist out, sagt der Enkel, Staatsbürgerkunde war bloß Augenauswischerei. Ein Schild: Geschwister-Scholl-Straße. Ah ja, waren Kommunisten, die Scholls. Die Straße heißt jetzt wieder Herzogin-Charlotte-Straße. Kummernuß wirft auch das Schild in den Wagen. Hat eines Tages vielleicht nostalgischen Wert. Ein Kronleuchter. Verständlich, weg mit dem Stromfresser. Tapetenrollen. Müssen wir auch tapezieren, wenn der Nachbar neu tapeziert? Wir haben radikal neu tapeziert, glorreiche 89er Revolution! Drei Kaffeefahrten seitdem und so preiswert. Nur die Lamawolldecken haben uns dabei tausendvierhundert gekostet. Kartoffeln mit bleichen Keimen. Verfaulter Kohl. Ein Schuh. Ein Schnellkochtopf, made in GDR. Die GDR auf den Müllplatz der Geschichte. Unsere Träume waren aus Plast. Eine Heizsonne. Eine verschimmelte Fahne mit Hammer und Zirkel und Ährenkranz. Heil dir im Siegerkranz. Ein Sack voll Brot. Kummernuß öffnet ihn, zerkrümelt das Brot für die Möwen und Krähen. Eine Klosettbrille. Ein Werbekatalog. OTTO find ich guuut! Eine Matratze, aufgeschlitzt, Heu quillt heraus, der Bezug trägt Blutflecke. Eine Schaufensterpuppe sogar. Ihre Hand ragt zwischen einem verblichenen Teppich und einem Plüschsessel hervor. Kummernuß stößt den Sessel beiseite, zerrt den Teppich weg. Er kennt das Gesicht der Puppe. Jetzt ist es ein merkwürdig verformtes Gesicht.

Knopfs Gesicht.

In einem blutig zerklüfteten Schädel. Wie ein zerplatzter Kürbis.

Vor dem Bildschirm ist man näher dran, denkt Kummernuß. Er hat sich in den Leiterwagen gesetzt und blickt angestrengt zum Fuß der Müllkippe hin. Im Fernsehen könnte ich alles ganz genau erkennen, die Leiche, die Handgriffe der Kri-minaltechniker, die Spurensuche. Vielleicht sogar Großaufnahme der toten Augen. Sei nicht verbiestert, sagt er sich, du hast ja die Leiche direkt vor dir gehabt. Diesen zer-trümmerten, geplatzten Kopf. Kummernuß weiß nicht mehr, ob er in jenem Augenblick geschrien hat. Er war den Zufahrtsweg emporgeeilt, war oben auf den LKW gestoßen, der gerade entladen wurde. Er hatte dem Fahrer seinen Fund berichtet, der war sofort losgebraust, und Kummernuß war wieder zur Talsohle zurückgekehrt, um in gehöriger Entfernung auf die Polizei zu warten. Man würde ihn sicher ausfragen wollen. Und er war auch neugierig zu erfahren, was mit Knopf passiert war. Ist er herabgestürzt? Hat ihn jemand erschlagen? Aber warum? Wer sollte das getan haben? Knopf war doch immer so freundlich gewesen.

Kummernuß sucht einen Sinn hinter den Vorgängen dort drüben zu erkennen. Der lange, hagere Mann scheint der Chef zu sein, er erteilt sichtbar Anweisungen. Neben ihm befindet sich ein junger korpulenter Mensch, der die Anordnungen entgegennimmt und an die andern weitergibt, an den Fotografen mit der Video-Kamera, an die zwei Männer, die in immer größeren Kreisen den felsigen Boden absuchen, stehenbleiben, sich niederbeugen und einzelne Stellen mit kleinen Tafeln markieren. Schließlich kehren sie zurück, nehmen den Müll, der den Toten umgibt, behutsam auf und breiten ihn wohlsortiert auf dem Boden aus.

Einen der Männer, die sich dort umtun, kennt Kummernuß. Das ist der Wachtmeister Schlenkrich vom Polizeiposten Abendröte-Vogelsang. Kummernuß kennt ihn schon lange. Schlenkrich war früher der Abschnittsbevollmächtigte der Volkspolizei. Ein schweigsamer, mißmutiger Mensch, wegen seiner groben Umgangsformen wenig beliebt.

Jetzt kommt der Leichenwagen die schräge Straße herab. Ein PKW folgt ihm. Unweit von Kummernuß bleibt der Leichenwagen stehen, der Fahrer meldet sich bei dem langen Hageren und kehrt dann wieder zum Wagen zurück. Der PKW macht erst dicht vor dem Chef halt. Der Mann, der den Wagen verläßt, könnte ein Filmschauspieler sein. Jedenfalls stellt sich Kummernuß einen erfolgreichen Star so vor. Imposante Gestalt, kurzes graues Haar, ein sorgfältig verschnittener Vollbart. Sean Connery etwa. Freundliche Begrüßung mit dem langen Hageren.

Sean Connery ist natürlich nicht Sean Connery, sondern der Rechtsmediziner Dr. Walthari. Er und der lange Hagere, Kommissar Kant, haben schon so manchen Fall gemeinsam aufgeklärt. Kant informiert den Doktor kurz. Dann, vorsichtig Schritt vor Schritt setzend, begibt sich Dr. Walthari zur Leiche. Von allem störenden Beiwerk befreit, liegt sie in ihrem Müllbett vor ihm. Dieses blutige Bündel Mensch. Der zerschmetterte Kopf. Eine Rippe hat sich durchs Hemd gespießt. Dr. Walthari streift sich Gummihandschuhe über und hebt die Schulter des Toten an. Der Kopf pendelt, er hängt wie ein Fremdkörper am Leib.

»Mit Sicherheit ein tödlicher Sturz, Herr Kant«, sagt der Doktor. Sein Blick wandert die Felswand empor. »Solche vehementen Verletzungen treten nur bei einem Sturz aus beträchtlicher Höhe auf. Aufprall mit dem Schädel. Natürlich ist er nicht hier den Müllhang hinabgestürzt. Er wäre hinabgerollt ohne größere Verletzungen.«

»Wir haben bereits die Aufprallstelle entdeckt, Doktor.«

Kant und sein Mitarbeiter, Kriminalmeister Wirrwa, führen den Gerichtsmediziner am Fuß des Müllbergs entlang, bis dieser sich immer mehr verdünnt und schließlich endet. Der felsige Boden ist mit vertrocknetem Gras bewachsen, das sich hier und da zwischen Felsplatten und Geröll hervorzwängt. Vor einer solchen Steinplatte nahe der Felswand bleibt Kant stehen. Die Moosflechte, die den Stein überzieht, ist von verkrustetem Blut verfärbt.

Dr. Walthari beugt sich nieder. »Hier sind auch noch einige Knochensplitter zu erkennen.«

»Von hier bis zum Fundort des Toten haben wir mehrere Schleifspuren festgestellt – soweit das auf dem harten Boden möglich ist. Sie bestätigen, daß der Tote von der Absturzstelle zum Fuß des Müllbergs gezerrt und dann oberflächlich mit Unrat bedeckt worden ist ...«

»... in der Hoffnung, Müll werde von oben nachrutschen und ihn für immer unauffindbar machen. Mit Sicherheit also ein Tötungsverbrechen«, fügt Wirrwa hinzu.

Kant räuspert sich ungehalten.

»Vorsicht, Herr Wirrwa«, sagt Dr. Walthari. »Aus medizinischer Sicht läßt sich bisher nur sagen: Ein Mann ist abgestürzt. Sind Sie sich denn sicher, daß der, der den Toten hierher verbrachte, ihn auch mit Müll bedeckt hat? Oder ob nicht einfach nur Müll von oben heruntergerutscht ist?«

»Aber es muß doch festzustellen sein, ob dieser Mensch von oben hinabgestoßen worden ist!«

»Bei diesen schweren Verletzungen ist das so gut wie ausgeschlossen, Herr Wirrwa. Es sei denn, er wurde erst getötet und dann hinabgeworfen. Vitale und postmortale Verletzungen lassen sich schon mit Sicherheit unterscheiden.« Walthari wendet sich wieder an Kant. »Haben Sie denn oben irgendwelche Spuren eines Kampfes gefunden?«

»Zu steinig auch dort. Nichts Brauchbares.«

»Wissen Sie schon, wer der Tote ist?«

»Der Deponiewächter.«

»Er heißt Konrad Knopf«, beeilt sich Wirrwa hinzuzufügen.

»Der Name dürfte den Doktor nicht interessieren«, rügt Kant.

»Ein Müllhai, wie man hier sagt«, ergänzt Wirrwa unbeeindruckt.

»Ja,ja!« ruft Kant ungeduldig. Er empfindet Wirrwas Pedanterie manchmal so peinlich, als sei sie ihm selber unterlaufen.

Dr. Walthari verspricht den Obduktionsbefund für übermorgen. Ein vorläufiges Ergebnis sei schon morgen möglich. Neue überraschende Erkenntnisse seien jedoch nicht zu erwarten. Der Tote könne jetzt ins Rechtsmedizinische Institut überführt werden. Walthari verabschiedet sich. Der Tote wird eingesargt und in den Leichenwagen gebracht. Die Techniker verstauen ihre Geräte und rüsten sich zur Abfahrt.

»Soll ich jetzt den Alten holen?« fragt Wachtmeister Schlenkrich. Kummernuß wartet noch immer geduldig in seinem Leiterwagen. »Erst einen Kaffee«, wehrt Kant ab.

Der obligate Kaffee, denkt Wirrwa. Kant führt stets eine Thermoskanne Kaffee in einem Picknick-Korb bei sich.

»Mir ist auch danach«, stimmt Wirrwa zu. Schlenkrich starrt stumm vor sich hin.

Kant füllt drei Plastikbecher. Das Getränk ist stark und noch heiß. Sie trinken im Stehen. Der alte Mann im Leiterwagen blickt unablässig zu ihnen herüber.

»Wachtmeister Schlenkrich«, sagt Kant, »was können Sie uns über den Toten sagen?«

»Nicht viel, Herr Kommissar. Eigentlich gar nichts. Er ist noch nicht lange ansässig hier.«

»Wie lange?«

»Wie lange?« Schlenkrich starrt in den Himmel. »Ein Jahr vielleicht. Oder dreiviertel. Er ist zugezogen, aus Mecklenburg, glaube ich. Genaueres kann Ihnen bestimmt der Direktor der AGRA, Herr Strabernack, sagen. Knopf war bei der AGRAR angestellt, die bewirtschaftet die Deponie.«

»AGRAR. Eine frühere LPG?«

»Ja. War damals unter Strabernack eine Mustergenossenschaft.«

»Und Strabernack ist heute noch immer der Chef?«

»Strabernack war und ist ein Organisationstalent.«

Kant wirft seinen Plastikbecher auf den Müll. »Keine Sorge mit der Entsorgung diesmal.«

»Soll der Müllheini jetzt kommen?« fragt Wirrwa.

»Er heißt Kummernuß«, weist Kant seinen Assistenten mild zurecht.

»Ich ahne, Wirrwa, Sie mögen Leute nicht, die im Müll herumstochern.«

»Wer im Müll wühlt, nimmt Müllgeruch an.«

»Sie hassen Müll.«

»Ja, ich hasse Müll.«

Wirrwa blickt die Kippe empor. »Deprimierend, widerlich.«

Kant kann jetzt keine Debatte über Müll gebrauchen. Er weiß, sie würde in emotionalen Ausbrüchen enden. Wirrwa leidet von jeher unter seinem Namen. Er glaubt, jedermann würde ihn zu Wirrwar ergänzen und ihn selbst deshalb für einen Wirrkopf halten. So hat Wirrwa von Jugend an diesem befürchteten Eindruck gegengesteuert und zu beweisen versucht, nicht Wirrwarr, sondern Ordnung und Gewissenhaftigkeit seien seine Lebensprinzipien. Und übertreibt natürlich maßlos diese Demonstration. Wirrwas Frau hat Kant einmal ihr Leid geklagt. »Ich rede schon nicht mehr von seinem Drang, alle Gegenstände rechtwinklig auszurichten, die Stifte auf dem Schreibtisch, das Besteck am Eßtisch. Ich rede auch nicht von seiner Vorliebe für gerade Zahlen. Die Drei oder die Fünf sind ihm ein Greuel. Zwei Brötchen am Morgen, zwei Tassen Tee, zwei Stück Zucker darin. Acht Rosen am Valentinstag. Und nachdem unser David geboren war – ich hatte eine so schlimme Geburt, Kaiserschnitt, und sagte, das eine Kind reicht mir – da wurde er trübsinnig. Nun, Sie wissen ja, jetzt haben wir zwei Kinder. Am liebsten würde er noch seinen eigenen Geburtstag, er ist an einem fünfzehnten, fälschen! Aber was soll's, ich habe mich mit seiner Zwangsvorstellung längst abgefunden, er ist ja ansonsten ein verträglicher Mensch. Er würde mich niemals rügen, wenn ich etwa von den acht Rosen eine verwelkte wegwerfe. Er korrigiert mich einfach stillschweigend und entfernt eine weitere. So ist die Ordnung wiederhergestellt. Sehen Sie mal, die Bücher hier im Regal: der Größe nach aufgereiht. Das ist doch irre, nicht wahr, wenn die Ordnung den Sinn zerstört!«

An diesen Satz muß Kant jetzt denken: Wenn die Ordnung den Sinn zerstört … Für Wirrwa, der seine Welt pedantisch zu ordnen versucht, muß die Müllhalde der Gegenentwurf zu seiner Ordnungswelt sein. Und der alte Müllsucher ein verdächtiger Alien aus dieser Anti-Welt.

Kant stellt die Thermosflasche in den Korb zurück. »Ich hoffe trotzdem, der alte Herr kann uns noch etwas mitteilen.«

»Kaum«, murmelt Schlenkrich, »der ist doch schon senil.«

Aber Kant stellt bald fest, Kummernuß ist ein wacher, redegewandter Mann. Der Müll, sagt er, sei ihm eine Rohstoffquelle für renovierfähige und ertragreiche Dinge.

»Die Sie dann also verkaufen?«

»Manches ja, manches nicht, Herr Kommissar. Manches gefällt mir so gut, daß ich mir's in mein Privatmuseum stelle. Sie können mich ja mal besuchen.«

»Wenn ich Rentner bin. Herr Kummernuß, Sie kennen den

Toten?« »Ja freilich kenne ich den. Das ist Herr Knopf. Der hat die Aufsicht über die Deponie. Ich meine – gehabt.«

»Kannten Sie ihn gut?«

»Gut? Na, so gut nun auch wieder nicht. Wissen Sie, ich kam doch alle paar Tage hierher. Ich hatte Zeit, und Herr Knopf hatte auch Zeit, soviel Betrieb war ja hier auch nicht. Aber wenn Sie denken, er hätte sich dann Zeit zu einem Schwätzchen genommen – kein Interesse daran. Was nicht heißt, daß er unfreundlich gewesen wäre, das nicht. Wenn er mich kommen sah, sagte er meistens: Na, wieder auf Safari heute? Und ich sagte: Freilich, vielleicht finde ich echtes Elfenbein, oder was man da eben so sagt. Aber mehr war da nicht.«

»Wann haben Sie Herrn Knopf zum letzten Mal lebend gesehen?«

»Zum letzten Mal ...« Kummernuß braucht nicht lange nachzudenken. »Heute ist Montag. Am Wochenende ist die Kippe geschlossen. Also am Freitag. Freitag vormittag.«

»Haben Sie etwas Auffälliges an ihm bemerkt?«

»Nicht daß ich wüßte. Er stand da wie immer vor seiner Bude. Und sagte wie immer: Na, wieder auf Safari heute? Ja, sagte ich, ich werde mein Bestes tun. Dann wünsche ich guten Fang, hat er noch gesagt.«

Kant läßt sich, nun genauer, nochmals berichten, wie Kummernuß auf die Müllkippe gekommen ist und den Toten entdeckt hat. Daß die Tür zum Wachthäuschen offengestanden hat, ist für den Kommissar ein wichtiger Hinweis. Es ist anzunehmen, daß Knopf die Bude kurzfristig verlassen hat und danach zu Tode gekommen ist. Er konnte also nicht mehr in die Wachtstube zurückkehren. Falls sie niemand mehr nach Knopfs Tod betreten hat, müßte sie sich noch in dem Zustand befinden, in dem Knopf sie verlassen hatte.

»Sehen wir uns jetzt den Raum mal an«, sagt Kant.

Die Wachtstube gleicht eher einer Gefängniszelle als einem Arbeitszimmer. Ein Tisch, zwei Holzstühle, ein Wandbett. Abgetrennt durch jeweils eine Wand, die Sanitärecke und eine Kochnische. Ein Ölradiator ergänzt die Einrichtung. In der Glaskanne der Kaffeemaschine befindet sich noch ein Rest Kaffee, in einem Plastbeutel daneben ein Käsebrötchen. Auf dem Tisch steht ein Transistorradio. Es ist eingeschaltet, aber stumm. Die Batterien sind anscheinend verbraucht. Kant entnimmt dem Gerät eine Kassette. Vivaldis »Vier Jahreszeiten«. Eine Holzschale mit Stiften. Neben dem offenen Stempelkissen ein Stempel: DEPONIE AGRAR GMBH ABENDRÖTE-VOGELSANG. Ein Block für Rechnungen, ein Block für Quittungen bei Barzahlung. Die Kopien des letzten Tages sind noch darin enthalten. Das ist erfreulich, sagt Kant, zumindest können wir daraus ersehen, wer an Knopfs Todestag die Deponie aufgesucht hat.

Dann macht sich der Kommissar auf den Weg zu Strabernack, Knopfs Arbeitgeber. Schlenkrich fährt auf seiner Maschine voran, um Kant den Weg zu weisen.

Während der kurzen Fahrt bleibt Kant schweigsam. Wirrwa versucht gar nicht erst, ein Gespräch über die bisher gewonnenen dürren Fakten zu beginnen. Er kennt Kants Krankheit, jedenfalls das, was Wirrwa Krankheit nennt: die Wucherungen und Metastasen seiner Phantasie. Kant hätte besser Schriftsteller werden sollen, meint Wirrwa. Gib ihm zwei Fakten, und er entwickelt daraus vier mögliche Varianten. Aber, und das ist erstaunlich für Wirrwa, die gleiche Einbildungskraft, die Kant so manches Mal in die Irre führt, geleitet ihn ebensooft ins Zentrum der Wahrheit. Irgendwann hatte ihm Kant verraten, daß er als junger Mensch mit dem Studium der Philosophie begonnen hatte. »Von Aristoteles und

Plato über Thomas von Aquin und Kant und Hegel zu Lenin und Sartre und Bloch.« Aber er war dann von der Partei zur Volkspolizei abkommandiert und später von der Kripo übernommen worden. Als er einem Umweltskandal, verbunden mit Erpressung und Mord, auf die Spur kam, pfiff man ihn zurück. Ein hochrangiger Funktionär war darin verwickelt, und einen solchen Fall löste die Partei auf ihre Weise unter sich, statt einen kleinen Hauptmann der Kripo darin herumstöbern zu lassen. Kants Spürsinn war angestachelt, er versuchte, weiter am Ball zu bleiben, und wurde gemaßregelt. So überstand er die Wende 1989 und blieb im Dienst, zur Genugtuung vor allem seiner Frau, die als Kunsterzieherin tätig gewesen, abgewickelt und in den Vorruhestand versetzt worden war.

Wie haben Sie eigentlich den Zusammenbruch eines Systems verkraftet, dem Sie jahrzehntelang gedient haben? hatte Wirrwa in einer ruhigen Stunde Kant gefragt. Wirrwa kannte damals Kant gut genug, um zu wissen, daß er seinem Vorgesetzten diese heikle Frage stellen durfte. So wie ich es vor seinem Zusammenbruch verkraftet habe, hatte Kant geantwortet: im Bewußtsein, daß nichts so bleibt, wie es ist. Ich kannn es Ihnen auch mit Hegel beantworten: Alles, was wirklich ist, das ist vernünftig, sonst wäre es nicht Wirklichkeit geworden. Aber irgendwann wird alles Wirkliche unvernünftig und muß einer neuen, vernünftigeren Wirklichkeit Platz machen. Bis auch sie vernunftwidrig wird und untergeht. – Wer dieses Geheimnis der Geschichte kennt, Wirrwa, wird gelassen, ja heiter.

Ein heiterer Mensch bist du ja gerade nicht , hatte Wirrwa gedacht, aber wahrscheinlich meinte Kant eine Art innerer Heiterkeit, die immun macht gegen Zorn, Enttäuschung und Verzweiflung.

Wirrwa blickt zu Kant. Sein Gesicht ist unbewegt, obwohl dahinter sicher Bewegung ist, Arbeit am Gespinst der Phantasie.

»Glauben Sie, es war Mord?« fragt der Kommissar plötzlich. Wirrwa weiß, daß er keine Antwort erwartet. Kant schüttelt den Kopf. Er wirkt ratlos. »Selbstmord wäre nicht ausgeschlossen. Aber warum hätte jemand die Leiche in den Müll geschleppt?«

Kant erblickt das Ortseingangsschild und vermindert die Geschwindigkeit. »Der Tatort beunruhigt mich.«

»Mehr als die Tat, Herr Kommissar?«

»Wer zählt heutzutage noch unsere Leichen? Der Tatort ist das Sonderbare.«

Wirrwa verabscheut Spekulationen. Aber er überwindet sich: »Meinen Sie, der Tatort sei von besonderer Bedeutung?«

Schlenkrich, der vor Kants Wagen herfährt, weist mit dem Arm auf ein Tor. Ein Schild kündet in Frakturschrift AGRAR GMBH ABENDRÖTE-VOGELSANG.

»Herr Strabernack erwartet Sie schon«, sagt die Sekretärin, als Kant sich und Wirrwa vorstellt und den Chef zu sprechen wünscht. Sie öffnet eine Tür. »Bitte.«

Hinter dem Schreibtisch springt ein Mann auf. Er ist klein und schmächtig. Unruhige Wieselaugen in einem braungebeizten, zerfurchten Gesicht. Über schmalen Lippen eine Schnabelnase. Er schnellt auf Kant zu – mit der Energie einer gespannten Feder. Streckt ihm die Hand entgegen: »Leo Strabernack.«

»Kommissar Kant, Kriminalmeister Wirrwa. Sie haben uns erwartet, Herr Strabernack?«

Der Strichmund verzieht sich zu einem Grinsen. »Ich wußte es schon, bevor Sie am Tatort erschienen.«

»Und woher, wenn ich fragen darf?«

»Der liebe Gott weiß alles, Herr Kommissar. Im Ernst, es erklärt sich ganz einfach. Der LKW-Fahrer, dem Herr Kummernuß von seinem Fund berichtet hat, gehört zu unserm Betrieb. Er hat von diesem Telefon aus den Polizeiposten informiert. Aber nehmen Sie doch bitte Platz. Ein Wasser oder einen Saft? Wir haben auch vorzügliches bayrisches Bier. Oder einen Kaffee?«

»Kaffee bitte.«

Strabernack geht hinaus. Kants Blick überfliegt das Büro. Ein schadhafter Schreibtisch, abgenutzte Sessel, ein Mosaiktischchen, dem eine Kachel fehlt. Regale voll verblichener Akten. Nur der Fußbodenbelag scheint neu zu sein. Hinter dem Schreibtisch an der Wand das Bild des Bundespräsidenten. Den Rahmen umgibt ein heller Rand. Wahrscheinlich hing dort zuvor ein Bild in anderem Format.

Strabernack kehrt mit einem Tablett zurück, verteilt die Tassen, gießt eigenhändig den Kaffee ein. Und das alles mit auffälliger Eilfertigkeit.

»Ja«, plaudert er dabei, »Abendröte-Vogelsang ist ein idyllisches Plätzchen, nicht wahr? Bergwiesen, Wälder, Stille, Einsamkeit. Und dann ein so scheußliches Verbrechen.«

»Sind Sie sicher, daß es ein Verbrechen ist?«

»Aber ich bitte Sie, Herr Kommissar! Ein Mann mit zertrümmertem Schädel, im Müll versteckt! Da gibt es doch gar keinen Zweifel!«

»Die Mülldeponie wird von der AGRAR betrieben?«

»Eine ganz passable Einnahmequelle. Vorher entsorgte uns die Müllabfuhr der Kreisstadt. Dann haben wir das übernommen, zu günstigem Preis.«

»Und der Tote war als Deponiewächter bei Ihnen angestellt?«

»Genau. Zur Kontrolle und Kassierung. Sondermüll nehmen wir grundsätzlich nicht an. Die Entsorgung übersteigt unsere Möglichkeiten.«

»Was können Sie uns über Knopf sagen?«

»Nicht viel. Ich habe ihn erst vor einem halben Jahr eingestellt.«

»Er war also vorher gar nicht Mitglied der Genossenschaft gewesen?«

»Er kam aus Mecklenburg, suchte hier Arbeit.«

»Nicht gerade das Nächstliegende. Warum hier?«

»Er sagte, hier hätte er vor Jahren einmal Urlaub gemacht, hier gefiele es ihm. Hat wohl in Mecklenburg nicht gleich einen Job gefunden, als ehemaliger Stasi-Mann.«

»Wie meinen Sie das? Ein hauptamtlicher Mitarbeiter?«

»Hauptmann, glaube ich. Ich kann ja mal in den Personalunterlagen nachsehen.«

Die Personalunterlagen befinden sich schon griffbereit auf dem Schreibtisch. Sie sagen wenig über den Toten aus: Werner Knopf, zweiundfünfzig. Geschieden. Erlernter Beruf – Diplomingenieur. Zuletzt ausgeübte Tätigkeit – Hauptmann im MfS. Seit 1990 arbeitslos, dann Hilfsarbeiter beim Tiefbau, danach wieder arbeitslos bis zu seiner Einstellung als Deponiewärter im März 1991.

»Offizier der Staatssicherheit. Und Sie hatten keine Vorbehalte, ihn einzustellen?«

»Warum sollte ich? Erstaunt Sie das, Herr Kommissar?«

»Es war eine ganz sachliche Frage, Herr Strabernack.«

»Wissen Sie, Herr Kommissar, ich habe selber viel zuviel erlebt, um einen Menschen pauschal zu verurteilen. Als LPG-Vorsitzender war ich im Zentralvorstand der Bauernpartei. Eine Blockflöte also. Was werd ich heut von so manchem beschimpft, daß ich damals gesagt habe, der Sozialismus ist gut für uns, den müssen wir mit allen Kräften unterstützen.

Nach der Wende haben wir uns dann in die CDU integriert. Die CDU ist die einzige Partei mit Zukunft, dort ist das große Geld. Ich bin im Kreisvorstand und werde nun beschimpft als Wendehals. Ich pfeife drauf. Meine Leute haben mich wiedergewählt als Direktor, weil ich was für sie tue, heute wie damals. So ist das. Ich bin demokratisch gewählt, alles andere ist Geschwätz von Neidhammeln und Besserwissern. Ich verlange gute Arbeit für gutes Geld. Und der Knopf war verläßlich. Pünktlich, anpassungsfähig, gewissenhaft. Mehr kann ich Ihnen nicht sagen.«

»Und Vorstand und Personalrat hatten der Einstellung des Knopf zugestimmt?«

»In der Endkonsequenz – ja »

»Es gab also Einwände?«

»Gerede. Hast wohl 'ne Seilschaft mit dem Stasi-Mann und ähnlicher Unsinn. Wie denn auch, der Mann ist aus Mecklenburg. Meine Kontakte zur Stasi waren rein dienstlich, das konnte ich nachweisen, wäre ich sonst im Kreisvorstand?«

»Hatte Knopf noch Verbindung zu ehemaligen Genossen?«

»Nichts bekannt, Herr Kommissar. Der Mann hat den Tag auf der Müllkippe verbracht. Was da ablief, weiß ich nicht. Fragen Sie in der Neumühle nach, dort hat Knopf gewohnt. Darf ich nachgießen?«

»Bitte. Wie ist das Klima in Abendröte-Vogelsang?« »Mittelgebirgsklima, Herr Kommissar«, Strabernack lacht. »Aber wenn Sie das soziale Klima hier meinen, das ist beschissen. Aber nicht hoffnungslos.«

Strabernack kichert. »Dialektisch gesehen sozusagen. Siebzig Prozent der ehemaligen LPG-Mitglieder sind entlassen. Die meisten Frauen sind arbeitslos. Aber es geht aufwärts. Bei Honi haben wir das Letzte aus dem Boden herausgeholt, warum nicht auch heute? Alles eine Frage der Organisation. Es geht voran.« Strabernack hebt die Tasse, als wolle er jetzt einen Trinkspruch sagen.

Und wirklich, er ruft: »Und in Ihrem Fall möge es auch vorangehen!«

Schlenkrich fährt auch zur Neumühle voraus. Die Neumühle erweist sich als Sägewerk. Auf dem Hof Türme gestapelter Bretter. Berge von Schwarten. Das jaulende Kreischen der Sägen. Der Geruch frisch geschnittenen Holzes, betäubend fast. Der Sägewerksbesitzer ist nicht da, man verweist Kant an seine Frau. Frau Helmbrecht, die wenig erfolgreich gegen ihre sächsische Zunge ankämpft, gibt an, nichts über ihren Mieter Knopf zu wissen. Guten Tag und guten Weg, mehr hätten sie nicht miteinander gesprochen. Schließlich wüßte jeder, was der Mann gewesen sei, von so einem hielte man sich lieber fern. Er habe pünktlich für das möblierte Zimmer bezahlt, selten Besuch gehabt, zwei- oder dreimal von Sohn und Schwiegertochter. Einmal habe auch ein Fremder Knopf aufgesucht, er sei aber nicht wiedergekommen.

»Auch keine weibliche Person, Frau Helmbrecht?«

»Auch nicht, Herr, Kommissar, wer sollte sich schon mit so einem einlassen.«

Kant möchte das Zimmer des Toten sehen. Frau Helmbrecht führt die beiden zwei Stockwerk hoch in eine Mansardenstube. Das breite Fenster, das sich über die ganze Giebelseite hinzieht, läßt viel helles Licht herein. Das Mobilar wirkt zusammengestoppelt und besteht aus ausrangierten Stücken. Trotzdem nickt Wirrwa anerkennend, die Ordnung im Raum erregt sein Wohlgefallen.

Kleiderschrank und Schubladen enthalten Anzüge, Unterwäsche, Oberhemden, Pullover, einen frischgewaschenen blauen Arbeitskittel.

»Zu Hause trug er fast immer Anzug, weißes Hemd und Schlips«, sagt Frau Helmbrecht.

An der Wand ein Foto: ein junger Mann, eine junge Frau, ein Kind. »Sein Sohn mit Familie«, erklärt die Wirtin.

In der obersten Reihe eines schmalen Regals stehen Bücher. Auf dem Rücken tragen sie Jahreszahlen. Es sind Kalender, die Knopf anscheinend als Memorial benutzte. Kant registriert eine kleine, akkurate Schrift, mit vielen Kürzeln durchsetzt. Der diesjährige Kalender liegt auf dem Schreibtisch. Die wenigen Eintragungen enden am letzten Donnerstag. Kant entschließt sich, die Buchkalender zu überprüfen, vielleicht läßt sich darin ein Motiv für Knopfs Tod entdekken.

»Wann etwa war der Besuch dieses Fremden?«

»Vor drei, vier Wochen vielleicht. Ja, Ende Juli, als wir aus dem Urlaub zurückkamen.«

Kant übergibt Wirrwa den Kalender. »Sehen Sie doch mal nach, ob der Besuch darin vermerkt ist.«

Kant setzt sich an den Schreibtisch.

»Können Sie den Besucher beschreiben, Frau Helmbrecht?«

»Ist das etwa der Mörder?« fragt sie erschrocken.

Kant schüttelt den Kopf, sagt, man müsse jedem Verdacht nachgehen

Frau Helmbrecht versucht sich zu erinnern. Der Mann kam mit einem schwarzen Wagen. Ein Opel vielleicht odcr ein Ford. Nein, Kennzcichen nicht beachtet. Die Figur des Besuchers? Korpulent, grauhaarig, eine etwas altmodische Brille. Korrekt gekleidet, Anzug, Schlips. Hielt sich etwa eine Stunde bei Knopf auf.

Zwei Reihen des Regals sind mit Büchern angefüllt, meist preiswerte Taschenbücher. Kriminalromane neben Autobiographien ehemaliger Politmanager der DDR, historische Dokumentationen über Faschismus und Sowjetsystem, technische Sachbücher. Im untersten Fach ein Stapel Zeitschriften und Illustrierte. Beim Durchblättern entdeckt Kant, daß in verschiedenen Artikeln Sätze mit Signierstift eingefärbt oder auch mit Ausrufungszeichen versehen sind.

»Hier ist eine Eintragung, Herr Kommissar.« Wirrwa weist auf die Seite mit dem Datum vom 29. Juli. Kant liest: »St. war heute hier. Verrät nicht, woher er meine Adresse hat. Sagte, er könne vor Angst nicht mehr schlafen. Erwiderte, ich würde ihn nicht preisgeben, überhaupt niemanden. Soll ihm, wenn notwendig, einen Persilschein ausstellen. Habe ihm geantwortet, er solle sich für das einfache Leben entscheiden wie ich. Zweifele, ob er das begreift. Ihn aufgefordert, mich nicht wieder zu belästigen, vorbei ist vorbei.«

Kant schließt den Kalender und reicht ihn Wirrwa zurück.

In der Schreibtischlade liegt ein Schnellhefter mit Briefen. Sie müssen ebenfalls überprüft werden.

In einer andern Schublade befindet sich eine Pappschachtel mit Tonkassetten. Bach, Vivaldi, Mozart neben Zacharias, gregorianischen Gesängen und Blues. In einem weiteren Fach Schreibpapier, Briefumschläge, Briefmarken, Papiertaschentücher.

»Wissen Sie, ob Herr Knopf ein Adreßbuch besaß?«

»Bin nie in seinem Zimmer gewesen, Herr Kommissar.«

»Wer hat denn dort saubergemacht? Die Fenster geputzt?«

»Er selber. Er hat darauf bestanden, es selber zu tun.«

»Hat er auch seine Wäsche selbst gewaschen?«

»O nein. Die gab er weg. Wir haben ja die Wäscherei SAUBER-ZAUBER oben in Vogelsang.«

Als letztes inspiziert Kant den Kühlschrank. In Plastikbehältern befinden sich Butter, Käse und Wurst, ein Stück roher Schinken, eine halbvolle Büchse Kondensmilch, fünf Tomaten, eine Gurke, im Tiefkühlfach eine Pizza und eine Packung Pistazieneis. Im untersten Abstellfach der Kühlschranktür steht neben einer angebrochenen Flasche Gin und zwei Flaschen Tonic eine braune Arzneiflasche mit einer weißen Flüssigkeit. MEGALAC liest Kant. Im Aufbewahrungsfach für Eier entdeckt er lediglich zwei Tablettenschachteln, die eine heißt CIMEHEXAL 400, die andere TALCID. CIMEHEXAL, liest Kant, ist verschreibungspflichtig.

»Wissen Sie, welcher Arzt Herrn Knopf behandelt hat?«

»Unser Doktor in Abendröte, Doktor Füllhorn.«

»Danke. Ja, das wär's, Frau Helmbrecht.«

»Und was soll mit den Sachen geschehen?«

»Vorerst wird das Zimmer versiegelt. Sie erhalten später Bescheid.«

Während Wirrwa das Siegel anbringt, erkundigt sich Kant nach der Anschrift der Arztpraxis.

Frau Helmbrecht beschreibt ihm präzis den Weg.

»Ist Doktor Füllhorn schon lange hier ansässig?«

»Zehn Jahre bestimmt schon. Herr Kommissar. Er hatte hier früher die Staatliche Arztpraxis und hat sich dann nach der Wende eine eigene Niederlassung eingerichtet. Ein guter Arzt, immer da, wenn man ihn braucht.«

Wirrwa grübelt vergeblich darüber nach, was sich der Kommissar von einem Gespräch mit Knopfs Arzt verspricht, und erhält unerwartet Antwort, die jedoch eher einem Selbstgespräch Kants gleicht. »Es sind Medikamente gegen Hyperacidität. Erhöhte Absonderung von Magensäure ist eine typische Streßerkrankung.«

»Hatte Knopf Streß? Im Wachtstübchen auf der Deponie?«

»Die Zeit«, murmelt Kant, »die Zeit. Dieser endlose Fluß. Durch welche unterirdischen Kanäle fließt er? Und welche Leichen überspült er? Welche aufgedunsenen, unkenntlich gewordenen Leichen?«

Wirrwa ahnt wieder geheimnisvolle Hypothesen. Lag Knopf irgendeine Geschichte aus der Vergangenheit im Magen? Empörte sich der Magen dagegen, wollte er den Fremdkörper lossein? Wirrwa wehrt sich gegen solch irre Symbolik, die sich da aufdrängt. Und sich dennoch nicht wegdrängen läßt. Hat sich ein früheres Opfer an Knopf gerächt? Oder hatte er jemanden erpreßt? Unbewältigte Vergangenheit, Schuldgefühle, sozialer Abstieg können schon Körper und Seele empfindlich stören. Unbehaglich tastet sich Wirrwa durch das Dickicht solcher Spekulationen. Eine genaue ärztliche Diagnose könnte Kants Vermutung stützen oder entkräften und der Ermittlung einen möglichen Weg weisen.

Der Wagen ist am Rande des Ortsteils Abendröte angelangt. Hinter dem letzten Haus zweigt ein schmaler asphaltierter Weg nach links ab. Zu beiden Seiten stehen Schlehenbüsche und Heckenrosen. Der Weg endet an einem Vorgarten. Das schmiedeeiserne Tor steht weit offen. Mehrere Lärchen umgeben das blendend weiße Haus Dr. Füllhorns. Über die holzgeschnitzte Wand des langgestreckten Balkons hängen rote Verbenen und purpurne Tiroler Nelken herab.

»Allein schon das Haus übt therapeutische Wirkung aus«, bemerkt Kant, »finden Sie nicht auch? Strahlt Wohlbehagen aus, Harmonie, Lebensfreude.«

Wirrwa denkt an seine Dreizimmerwohnung in einem grauen Hochhaus. »Ja, hier ließe sich's schon leben.« Die Haustür ist verschlossen. Nach wiederholtem Läuten öffnet ihnen eine ältere Frau, die Haushälterin. Sie sagt, Dr. Füllhorn sei unterwegs. Wenn die Herren vielleicht Frau Füllhorn sprechen möchten? Sie führt Kant und Wirrwa in die Vorhalle und geht eine Treppe hinauf. Wenig später schreitet – ja, nur so kann man es nennen, denkt Kant, leicht belustigt – eine Dame die Stufen herab. Eine feierlich schreitende Dame, die sich selbst anscheinend für sehr kostbar hält. Ihr wallendes Gewand, großblumig gemustert, reicht bis zu den geflochtenen Sandalen. Ein himmelblaues Chiffontuch umschließt lässig den Hals und ein Stirnband in gleicher Farbe das kurzgeschnittene Blondhaar.

Gemessen verläßt sie die letzte Stufe und erwidert mit hoheitsvollem Nicken den Gruß der Gäste. Auch ihre Augen sind himmelblau, stellt Kant fest, und ein wenig träumerisch verschleiert.

»Kann ich Ihnen helfen? Sind Sie bestellt? Die Abendsprechstunde beginnt erst um siebzehn Uhr!«

Ihre dunkle Stimme ist erotischer Weihrauch. Kant verdrängt diese Empfindung und stellt sich und Wirrwa vor. Sie würden für eine Ermittlung eine Auskunft von Herrn Doktor brauchen.

»Dienstlich also.« Die Himmelblaue lächelt gönnerhaft. »Dann können Sie natürlich mit Herrn Doktor sprechen. Sie finden ihn auf unserem Gartengrundstück. Dort arbeitet er sich vor der Abendsprechstunde gern noch ein wenig aus.« Sie hebt die Arme wie eine Priesterin zum Segnen. Die Herren sind verabschiedet. Die Dame entschwebt nach oben.

Wirrwa blickt ihr entrückt nach.

»Ja, worauf warten wir noch?« ermuntert sich Kant, hin und her gerissen zwischen Entzücken und innerem Gelächter. »Auf ins Gartengrundstück!«

Die Haushälterin erklärt ihnen den Weg. Sie fahren auf die Hauptstraße zurück und biegen nach einigen hundert Metern erneut links ab. Auf dem Wegweiser lesen sie: STILLES

TAL, 1,5 km. Der unbefestigte Weg ist mit Gras überwachsen. Bald senkt sich die Landschaft vor ihnen, das Stille Tal bietet sich in idyllischer Unberührtheit dar. Auf dem Talgrund schlängelt sich ein Bach, der einen kleinen, fast runden See durchfließt. Trauerweiden umgeben das Gewässer. Zu beiden Seiten des Bachs breiten sich Wiesen bis an den Waldrand aus. Der Fahrweg zieht sich auf der linken Seite in etwa halber Höhe das Tal entlang. Er führt an zwei nebeneinandergelegenen Wochenendhäusern vorbei. Es sind die einzigen Gebäude im Tal. Eines muß also Dr. Füllhorns Datsche sein. Kant hält an. Sie steigen aus. Wirrwas Gesicht verzieht sich schmerzlich. »Ich glaube, die Gärten brauchten Ihre ordnende Hand«, spottet Kant. Allenthalben ist Wildwuchs zu erblicken. Hüfthohes Gras, wuchernde Hecken, verfilztes Gesträuch. Ein Dickicht aus Disteln und Brennesseln.

»Wäre mir schon ein Vergnügen«, bestätigt Wirrwa. »Nichts erfreut das Gemüt mehr als ein kurzgeschnittener sanfter englischer Rasen.«

Armer Doktor, denkt Kant amüsiert, du bist bereits als hoffnungsloser Chaot abgestempelt. Der Bungalow, von Schlingknöterich fast ganz zugedeckt, erscheint wie ein Dornröschenschloß in Volksausgabe. Verwunschenes Refugium eines Romantikers. Kant und Wirrwa gehen über einen verunkrauteten Kiesweg zur Haustür. Kant klopft. Keine Antwort. »Herr Doktor!« ruft er.

»Ja?« Eine Stimme von irgendwo aus der Tiefe des Gartens hinter dem Haus.

Sie umgehen die Giebelseite des Bungalows. Wie die ganze Talwand fällt auch der Garten leicht nach unten ab. Er endet an einem Naturzaun aus dichter Ligusterhecke. Dort hantieren zwei Männer mit Schaufeln. Der eine richtet sich auf, blickt fragend empor. Er weist auf einen schmalen Weg, der zu ihnen führt. Auf die Schaufel gestützt, erwartet er die Besucher.

Im Gegensatz zu seiner repräsentierfreudigen Gattin wirkt Dr. Füllhorn ganz normal. Untersetzt, breitschultrig, auf starkem Hals ein runder Kopf, Igelfrisur. Der ganze Mann irgendwie kegelig, in seinen Jeans und Stiefeln standfest, verläßlich.

»Sie suchen mich?« fragt Füllhorn interessiert.

Kant stellt sich und Wirrwa vor.

»Angenehm«, sagt der Arzt, »Füllhorn«. Der Herr neben ihm sei sein Datschennachbar Rosenbluth. Da die Herren ihn offensichtlich dienstlich zu sprechen wünschten, schlage er vor, ins Haus zu gehen. »Hätten Sie, Herr Kommissar, aber noch fünf Minuten Zeit? Bis wir den Zement ausgegossen haben?«

Er weist auf eine Bodenvertiefung, die sich an den Rändern verflacht. Der Boden ist bereits mit einer Zementschicht bedeckt. »Es wird eine Vogeltränke.«

»Auf fünf Minuten kommt es uns nicht an, Herr Doktor.«

»Wenn es bei fünf Minuten bleibt«, fügt Wirrwa mahnend hinzu.

Füllhorn lacht und blickt auf seine Digitaluhr. »Soll ich das Rufsignal einstellen? Präzis fünf Minuten.« Geruhsam schaufelt er den Zement in die Mulde. Rosenbluth glättet die Masse.

»Ein anmutiges Tal«, sagt Kant, »ein richtiges Datschenparadies.«

»Wäre es beinahe geworden«, erwidert Rosenbluth.

Kant blickt ihn fragend an. Die Stimme des Mannes klingt aggressiv. Ein düsterer Mensch, denkt Kant, aber auch faszinierend. Dunkel glühende Augen, ein ungepflegter Vollbart, das Haar im Nacken mit einem Band zum Zopf geschnürt.

»Beinahe? Wie meinen Sie das?«

»Nachdem wir hier gebaut hatten, wollten sich noch andere ansiedeln. Aber dann wurde das Tal zum Landschaftsschutzgebiet erklärt. Also kein weiterer Bau mehr.«

»Da haben Sie Glück gehabt. Auch ich finde diese Datschensiedlungen schrecklich, ein Haus klebt am andern.«

»Ja«, stimmt Holger Füllhorn zu. »Die Nähe, die Enge. Der Zwang zu Konversation und Kommunikation. Wir haben wirklich Glück gehabt.«

»Glück!« knurrt Rosenbluth. »Zuviel Glück ist von jeher ein Unglück! Sehen Sie, Herr Kommissar, damals waren wir wirklich froh, daß nicht mehr gebaut werden durfte. Aber zu DDR-Zeiten nahm man das Landschaftsschutzgesetz nicht so genau. Wirtschaftliche Ausbeutung war durchaus erlaubt, ja sogar erwünscht. Sie hätten das Stille Tal mal früher sehen sollen! Auf den moorigen Wiesen hier gab es fast zehn verschiedene Orchideenarten. Dann hat die LPG die Wiesen melioriert. Um sie effektiver für den Weidebetrieb zu machen.«

Rosenbluth verfällt in einen monotonen Singsang: »Die Steigerung der Milchproduktion erfordert eine ständige Erweiterung der landwirtschaftlichen Nutzfläche…« Er bricht die Parodie des »Großen Vorsitzenden« ab und setzt bissig fort: »Das Rindvieh kam, und die Orchidee ging. Ich habe damals Eingabe um Eingabe an den Kreisrat geschickt. Vergeblich.«

»Reg dich nicht auf«, sucht Füllhorn seinen Nachbarn zu beruhigen. »Du treibst bloß wieder deinen Blutdruck hoch.«

Er schaut auf die Uhr. »Die fünf Minuten sind um. Botho übernimm bitte den Rest.«

Füllhorn geleitet die Kriminalisten ins Haus. Das Innere des Bungalows ist geräumiger, als es von draußen erscheint.

Die dem Garten zugewandte Seite ist in voller Breite verglast. Obwohl Knöterichranken hier und da die Fensterscheiben verdecken und rote, weiße und gelbe Knollenbegonien üppig aus den Blumenkästen ragen, fällt noch genügend Licht herein. Die holzgetäfelten Wände, der Fußboden aus gehobelten Brettern, die Zimmerdecke aus Sperrholzplatten geben dem Raum einen warmen, rustikalen Ton. Im Kamin stapeln sich Buchenholzkloben.

Dr. Füllhorn weist auf die Sitzecke. »Ein Bier? Ein Mineralwasser?«

»Ein Mineralwasser bitte.«

Füllhorn bringt drei Flaschen gut gekühltes Mineralwasser. »Sie wollen mich also dienstlich sprechen?«

»Eine Auskunft über einen Ihrer Patienten, Herr Doktor.«

»Gern. Soweit ich meine ärztliche Schweigepflicht nicht verletzen muß.«

»Der Tod enthebt Sie jeglicher Schweigepflicht.«

»Der Tod? Es handelt sich also um einen verstorbenen Patienten?«

»Um Herrn Knopf.«

»Knopf? Aber ich habe Herrn Knopf noch vorige Woche gesund und munter gesehen!«

»Vorige Woche. Wissen Sie noch, wann er zur Sprechstunde kam?«

»Nicht zur Sprechstunde. Als ich Müll zur Deponie brachte. Ich glaube, das war Freitag mittag.«

»Sie bringen den Müll selbst zur Deponie?«

»Unsere Datschen sind zu abgelegen, das Müllauto kommt nicht hierher.«

»Freitag mittag war Knopf also, wie Sie sagten, noch gesund und munter.«

»Soweit man das in seinem Fall sagen kann. Aber er war

nicht so krank, um plötzlich … Was ist ihm denn überhaupt zugestoßen, daß sein Tod die Kripo interessiert?«

»Wir wissen es noch nicht. Er wurde tot aufgefunden. In der Müllkippe. Er ist die Felswand hinabgestürzt.«

»Die steile Felswand. Ein solcher Unfall mußte ja mal passieren.«

»Wir glauben nicht, daß es ein Unfall war, Herr Doktor.«

Füllhorn starrt Kant betroffen an. »Ja aber, wenn es kein Unfall war – er hat sich doch nicht etwa selber hinabgestürzt?«

»Nicht ausgeschlossen. Worauf gründet sich Ihre Vermutung?«

»Nun, soweit ich das als Allgemeinpraktiker beurteilen kann, war Herr Knopf ziemlich depressiv. Wobei ich eine endogene Depression ausschließen würde. Endogen, das heißt anlagebedingt. Ich hielt es eher für eine reaktive Depression. Also durch äußere Einflüsse verursacht. Erfahrungsgemäß ist Hyperacidität – erhöhte Magensäureproduktion – ein deutliches Symptom dafür.«

»Depressionen, sagen Sie. Ich hätte eher Streß vermutet.«

»Das schließt einander nicht aus, Herr Kommissar. Wahrscheinlich war Herr Knopf irgendeiner Situation nicht mehr gewachsen. Das dürfte der gemeinsame Hintergrund sein. Er stand irgendwie unter starkem Druck.«

»Unter welchem, Herr Doktor? Hat er sich jemals darüber geäußert?«

»Da bin ich überfragt. Er war ja noch nicht lange mein Patient. Ich weiß nicht, welchen Beruf er ausgeübt hatte, bevor er hierher kam. Aber seinem ganzen geistigen Habitus nach war seine Tätigkeit als Deponiewächter ein – sagen wir mal – sozialer Absturz. Dem möglicherweise der Sturz in den Abgrund folgte. Selbstmord, falls es kein Unfall war.«

»Und kein Mord«, fügt Kant hinzu.

»Mord? Um Gottes willen, in diesem idyllischen Ort!«

»Nun ist er nicht mehr idyllisch«, bemerkt Kant trocken. »Sie wußten also nicht, Herr Doktor, daß Knopf früher Offizier der Staatssicherheit war?«

»In meiner Kartei steht, wenn ich mich richtig erinnere, Angestellter. Nein, er hat nicht darüber gesprochen. Er war ein verschlossener Mensch. Glauben Sie, daß sein Tod damit zusammenhängt?«

»Wir wissen es noch nicht. Für uns war es erst einmal wichtig, daß Sie uns – sagen wir es vorsichtig – seine psychophysische Labilität bestätigt haben.«

Füllhorn nickt. »Die Geheimnisse der Vergangenheit sind wie Leichengift. Tödlich, wenn es in offene Wunden eindringt. Sie mögen noch so winzig sein.«

»So ist es«, bestätigt Kant und erhebt sich. »Nun wollen wir Sie wieder Ihrer Vogeltränke überlassen. Erwarten Sie genügend Gäste?«

»Oja. Wir haben ein Zaunkönigpärchen, Tannenmeisen und Amseln. Leider haben uns nach der Melioration die Dompfaff-Familie und der rotrückige Würger verlassen. Wir hoffen aber, sie wieder heimisch zu machen in unsern Gärten.«

Füllhorn begleitet die beiden hinaus. »Wenn wir Glück haben, kann ich Ihnen den Zaunkönig zeigen. Sie haben bestimmt noch nie einen gesehen.«

»Das Schicksal des Stadtmenschen«, gesteht Kant.

Füllhorn führt sie um das Haus herum, bleibt stehen, lauscht, weist auf die Ligusterhecke und legt warnend den Zeigefinger auf die Lippen. »Sie sehen sie doch?« flüstert er.

Kant starrt angestrengt in die Hecke. Er hört ein feines Zirpen, aber er kann in dem grünen Gewirr nichts ausmachen. Bedauernd hebt er die Hände. »Ein ungeschulter Blick, Herr Doktor.«

»Aber Sie müssen ihn doch erkennen, dort im Geäst, dicht über dem Boden!«

Jetzt erblickt Kant ein winziges graues Federbällchen, das flink von Zweig zu Zweig hüpft.

»Ja«, sagt auch Wirrwa. »Sehr unscheinbar allerdings. Gar nichts Majestätisches. Man hätte doch wenigstens königlichen Purpur erwarten können. Oder goldene Kopffedern als Kronenersatz.«

Dr. Füllhorn beantwortet soviel Ignoranz mit einem strafenden Blick. »Es ist«, wendet er sich allein an Kant, »ein sehr selten gewordener Vogel. Sehr standorttreu und anhänglich.«

»Gehört fast zur Familie, nicht wahr?« fragt Wirrwa mit unschuldiger Miene.

Füllhorn lächelt versöhnlich. »Da haben Sie gar nicht so unrecht.«

Kant reicht Füllhorn die Hand. »Wir danken Ihnen für die Auskünfte. Und die romantischen Minuten in Ihrem Garten. Ich wäre Ihnen dankbar, wenn Sie mir einen kurzen Befund über Knopfs körperliche und seelische Verfassung schicken würden.«

Als Wirrwa sich auf den Beifahrersitz setzt und die Wagentür zuschlägt, sagt er: »Sehr standorttreu. Sehr anhänglich!«

»Warum äffen Sie den Doktor nach, Wirrwa?«

»Ich mag solche exaltierten Schwärmer nicht.«

»Wieso ist er exaltiert, wenn er seinen Garten liebt?«

»Ein schöner Garten!« höhnt Wirrwa.

»Er ist schön. Auch wenn er Ihren Ordnungssinn stört.«

»Möglich«, brummt Wirrwa. »Sicher tue ich ihm unrecht. Sein Bericht über Knopf war exakt und aufschlußreich.«

»Das war er«, bestätigt Kant. Er blickt auf die Uhr. »Wir fahren jetzt ins Amt zurück.«

Während der Fahrt legt er die nächsten Schritte fest. Wachtmeister Schlenkrich soll nachforschen, welche Beziehungen der Tote zu den Einwohnern von Abendröte-Vogelsang hatte, falls er überhaupt welche hatte. Er selbst will heute noch den Oberstaatsanwalt informieren. Unabhängig vom Ergebnis dieses Gesprächs sind weitere Nachforschungen zur Person Knopfs und ihrem Umfeld notwendig. Da ein Beziehungsverbrechen wahrscheinlich ist, will sich Kant gleich morgen über die frühere Tätigkeit Knopfs in Mecklenburg kundig machen. Wirrwa soll die eingezogenen Unterlagen überprüfen, die Briefe und Tagebücher. Wer ist dieser St., der Knopf vor einigen Wochen besuchte? Auch die Kopien der Rechnungen und Quittungen, die im Wachthäuschen gefunden wurden, könnten wichtig sein. Es müßte sich daraus feststellen lassen, wer Knopf zuletzt lebend gesehen hat.

Nach einem hektischen Arbeitstag ist Kant immer gern nach Hause zurückgekehrt. Zwar kann er nur selten die Stunde seiner Heimkehr selbst bestimmen. Aber er gehört zu den Männern, die sich auch trotz stärkster dienstlicher Anspannung ihr Refugium bewahren. Ja, es sogar brauchen, um sich am nächsten Morgen wieder in die Arbeit stürzen zu können. Mit einer Mischung aus Selbstachtung und Selbstironie gesteht er sich, mit Georgia eine schon etwas altmodische Ehe zu führen, nicht erst jetzt, nach vierzig Jahren, sondern schon immer. Eine Gemeinschaft ohne wirkliche Gefährdungen, mit Konflikten und Streit und Problemen mit den jetzt längst erwachsenen Kindern, aber frei von Lügen, Betrug, Untreue und fragwürdigen Affären. Nun bemerkt er seit einiger Zeit beunruhigt, daß er abends nicht mehr so gern heimkehrt. Er bleibt länger im Büro als notwendig, erledigt Lappalien, die er früher auf den nächsten Tag verschoben hätte. Er ist sich auch der Ursache dieser Veränderung bewußt. Die Atmosphäre daheim ist anders geworden. Seine Frau wird von Depressionen befallen, die oft tagelang andauern. Die einst so temperamentvolle Georgia sitzt dann teilnahmslos im Sessel, starrt vor sich hin, steckt sich eine Zigarette nach der andern an, trinkt, wenn auch mit Mineralwasser versetzt, mehr Weinbrand, als ihr zuträglich ist, reagiert gereizt auf harmlose Äußerungen und sucht danach vergeblich, in einem Weinkrampf wieder Frieden mit sich selbst und ihrem Mann zu finden. Auch Kant verliert dann leicht die Geduld. Statt, wie ihm sein Verstand befiehlt, Georgias Kummer ernst zu nehmen und sie zu trösten, verfällt er in verärgerte Abwehr. Gewiß nicht, weil ihm Georgias Kummer gleichgültig wäre. Aber er weiß nicht, welchen Trost er Georgia geben könnte, denn ihre Situation scheint nicht mehr veränderbar zu sein. Eine Lehrerin, die mit Besessenheit und Sachkenntnis Jahrzehnte Literatur unterrichtet und Kunsterziehung gegeben hat und dann wenige Jahre vor ihrer Rente entlassen wird, muß zwangsläufig in eine existentielle Krise geraten. Mit einer solchen »Befreiung« kann sie sich nicht abfinden. Wie soll Kant sie da trösten? Er hat es einige Male versucht, indem er sie aufforderte, das Unabänderliche zu akzeptieren, oder indem er ihr den Vorruhestand schmackhaft machte. Aber damit konnte er eine Georgia nicht beruhigen. »Du hast gut reden«, sagte sie, »für dich hat sich nichts geändert. Du hast früher deine Leichen gehabt und hast sie jetzt wieder, sogar mehr als früher. Himmel noch mal, du hast deine Befriedigung! Aber ich bin abgewickelt! Ausrangiert! Siehst du denn nicht, daß ich eigentlich auch schon eine Leiche bin? Aber mit solchen Leichen brauchst du dich Gott sei Dank nicht zu beschäftigen!«

Mit dieser Abschottung gegen eine ungeliebte Außenwelt sinkt auch Georgias früheres Interesse für Kants Arbeit. Wenn es auch unstatthaft war, so hatte er oft mit seiner Frau über diesen oder jenen Fall gesprochen. Georgias intuitive Logik ergänzte oft mit verblüffendem Erfolg seine Phantasie, vor allem, wenn es darum ging, seelische Vorgänge bei einem Opfer oder einem Täter zu ergründen. Und heute? Georgias überraschende Anregungen – wo sind sie? Versiegt, verschüttet.

Kant widersteht der Versuchung, sich jetzt noch auf das Gespräch mit dem Oberstaatsanwalt am nächsten Morgen vorzubereiten. Er fährt nach Hause.

Georgia erwidert abgewandt seinen Begrüßungskuß. Er bemüht sich um fröhliche Stimmung. »Ich habe mich beeilt. Können wir zusammen essen?«

»Keinen Appetit. Aber ich habe Gyros da.«

»Du wirst mich doch nicht allein sitzen lassen. Iß etwas mit, bitte.«

»Wenn es sein muß …«, gibt sie widerwillig nach.

Während sie den Gyros schmort, setzt sich Kant an den Küchentisch und gießt sich ein Glas Kadarka ein. »Du kennst doch dieses Dorf Abendröte-Vogelsang.«

»Sind dort sonntags manchmal durchgefahren.«

Kant erzählt vom Leichenfund in der Müllkippe und der Person des Toten. Georgia wendet den Gyros in der Pfanne.»Ein merkwürdiger Tatort, die Müllkippe.«

»Dachte ich zuerst auch. Aber wenn es nun ein ganz natürlicher Tatort wäre?«

»Wie meinst du das?«

»Ein Matrose ertrinkt im Meer. Atomtechniker sterben infolge eines Reaktorunfalls. Ein Bauarbeiter fällt vom Gerüst und bricht sich das Genick. In allen Fällen Tod in einer sozusagen natürlichen, dem Toten gemäßen Umwelt. Warum soll ein Müllwächter nicht auf der Müllhalde umkommen?«

Georgia starrt ihren Mann an. »Was ist mit dir los, Harry? Spinnst du? Hoffentlich hast du das niemandem erzählt. Wirrwa lacht sich scheckig darüber.«

Georgia nimmt die Pfanne vom Herd und verteilt den Gyros auf die Abendbrotteller, zwei Drittel für Kant, ein Drittel für sich. Sie essen schweigend. Plötzlich legt sie die Gabel hin. »Habt ihr denn irgendeinen Anhaltspunkt über den Täter?«

Kant atmet innerlich auf. Georgia beginnt, sich für den Fall zu interessieren. Sie wird heute abend nicht teilnahmslos im Sessel hocken und eine schwachsinnige Fernsehshow über sich ergehen lassen. Interesse ist ein Stück Leben. Kant erwidert, es gebe noch keine verwertbaren Spuren. Es sei denn, die Tat wäre politisch motiviert, der Tote sei ein Stasi-Offizier gewesen.

Dieser Hinweis gibt Georgia Anlaß zu mannigfachen Überlegungen. »Es mußte ja einmal zu einem solchen Mord kommen! Diese ganze explosive Atmosphäre! Ein Knallgasgemisch aus Untaten, Angst, Verdächtigungen, Rache. Das muß ja zu Mord und Totschlag führen!«

Später, nach dem Abendessen, setzen sie die Debatte im Wohnzimmer fort. Kant stimmt mancher Vermutung Georgias zu. Aber er warnt, weniger Georgia als sich selber, wie er betont, vor kurzschlüssiger Folgerung. »Wir gehen jetzt in unserer Unwissenheit nur von einem einzigen Merkmal des Opfers aus: daß er Stasi-Offizier gewesen ist. Das genügt nicht. Verbrechen sind komplexer Natur. Ich erinnere immer wieder an das schon so oft zitierte Beispiel Hegels. Hegel fragt: Wer denkt abstrakt? Und antwortet: Ein Mörder wird zur Richtstätte geführt. Dem gemeinen Volk ist er nichts als eben ein Mörder. Es fragt nicht, warum und wie ist er zum Mörder geworden. Das heiße abstrakt denken, sagt Hegel, im Mörder nichts als diese Abstraktion zu sehen, Mörder zu sein und mit diesem einzigen Merkmal alles andere Menschliche in seiner Persönlichkeit zu vertilgen. Es ist möglich, daß dieses einzige Merkmal Knopfs, Stasi-Offizier gewesen zu sein, ein Motiv für seinen Tod liefert. Aber ebensogut gibt es auch noch andere Motive.«

»Da hast du allerdings recht, Harry. Wir alle unterliegen immer wieder der Versuchung, so abstrakt zu urteilen. Sonst gäbe es auch nicht so viele Vorurteile und Vorverurteilungen. Ich bin gespannt, wer diesen Mann getötet hat und warum.«

Dienstag, 20. August 1991

»Machen Sie's kurz«, sagt Oberstaatsanwalt Hollergschwandtner. In seinem ewig tiefroten Gesicht zuckt es ungeduldig. »In einer Viertelstunde habe ich den nächsten Termin.«

Die Pause zwischen zwei Verfahren – mehr Zeit bleibt Kant also nicht, um den Oberstaatsanwalt über den Fall Knopf zu unterrichten.

Der aus Bayern nach Thüringen versetzte Hollergschwandtner bemüht sich überraschenderweise um hochdeutsche Aussprache. Kant hat ihn im Verdacht, er wolle damit Anpassungsbereitschaft an das Gastland demonstrieren. Hollergschwandtner hat nämlich geäußert, die neuen Bundesbrüder seien allesamt zu empfindlich. Deshalb will er wohl diese seelische Allergie nicht noch dadurch verschlimmern, daß er auch sprachlich seine Herkunft aus Gottes liebstem Land betont. Eine Art liberaler Konquistador. Der altersweise Kant kommt am besten mit ihm zurecht, wenn er Hollergschwandtners wohlmeinende Ratschläge über sich ergehen läßt und dann doch tut, was er selbst für richtig hält.

»Ein Stasi-Gangster also«, resümiert Hollergschwandtner. »Wissen Sie, Herr Kant, manchmal frage ich mich, warum wir soviel Zeit und Steuergelder für die Aufklärung solch dubioser Fälle verschwenden. Diese ganze Pack, Alternative, RAF, Stasi – wenn von denen einer umgelegt wird – also das widert mich manchmal ganz schön an, da auch noch gründlich ermitteln zu müssen.« Er seufzt theatralisch. »Aber so ist nun mal unser Rechtsstaat. Großmut auch dem Bösewicht!« Er blickt Kant lauernd an. »Kennen Sie doch, den Spruch?«

» ›Rettung von Tyrannenketten, Großmut auch dem Bösewicht. Hoffnung auf den Sterbebetten, Gnade auf dem Hochgericht.‹ Schiller, Lied an die Freude. Schlußstrophe der Thalia-Ausgabe.«

Hollergschwandtner klopft sich vergnügt auf die mächtigen Schenkel. »Er kennt unsern Schiller. Noch dazu die Thalia-Ausgabe! Wissen Sie, daß mich so etwas unerhört optimistisch stimmt? Das gemeinsame Erbe ist das festeste Band zwischen uns und euch. Alle Menschen werden Brüder.«

»Ja, Herr Oberstaatsanwalt. Mit Ausnahmen natürlich, wie dieser Knopf.«

Hollergschwandtners Blick verdunkelt sich. »Ihr Zynismus gefällt mir nicht, Herr Kant.«

»Verzeihung, ich habe lediglich Herrn Oberstaatsanwalt Hollergschwandtner zitiert.«

»Zitieren Sie Schiller, sooft Sie wollen. Der ist tot. Aber nicht Hollergschwandtner. Das könnte gefährlich werden!«

Er lacht dröhnend und blickt auf die Uhr. »Welche Maßnahmen haben Sie vor? Konzentrieren Sie sich vor allem auf das politische Umfeld. Wer war dieser Mann, was hatte er auf dem Kerbholz? Hier kommen doch nur zwei Kategorien von Tätern in Frage: jemand, den er in der Hand hatte und der sich seiner entledigt hat. Oder eines seiner Opfer, das Selbstjustiz übte. In diesem Fall bitte ich um Fingerspitzengefühl. Klar?«

»Gewiß, Herr Oberstaatsanwalt. Ich halte Sie auf dem laufenden.«

Kant geht in sein Büro zurück. Es liegt ein Stockwerk über dem des Oberstaatsanwalts. Er steigt die Treppe empor und muß grinsen. Ein literarisch gebildeter Mann wie Hollergschwandtner kann sich vor Entzücken nicht fassen, daß unsereins Schillers Lied an die Freude kennt. Hält er uns wirklich für so bescheuert? Aber wie soll er es auch anders wissen. Für ihn war, wie er einmal freimütig äußerte, Deutschland an der Werra zu Ende. Dahinter begann Rußland.

Während Wirrwa den Schnellhefter mit Knopfs Briefen durchsieht, liest Kant nochmals die Eintragung in Knopfs Tagebuch vom 29. Juli. »St. war heute hier. Verrrät nicht, woher er meine Adresse hat. Sagte, er könne vor Angst nicht mehr schlafen. Erwiderte, ich würde ihn nicht preisgeben, überhaupt niemanden. Soll ihm, wenn notwendig, einen Persilschein ausstellen. Habe ihm geantwortet, er solle sich für das einfache Leben entscheiden wie ich. Zweifele, ob er das begreift. Ihn aufgefordert, mich nicht wieder zu belästigen. Vorbei ist vorbei.« Wer ist St., der, für Knopf unverständlich, seine Adresse erfahren hat? Von wem? Knopf hat also Bekannten oder Freunden oder wem auch immer seine neue Anschrift verschwiegen. Warum? Hatte er wirklich etwas zu verbergen? Oder wollte er sich völlig von seiner Vergangenheit lösen und »ein einfaches Leben« führen? Hat ihn das unerwartete Auftauchen von St. dabei gestört? St. hatte Angst. Anscheinend vor Knopf, daß dieser ihn preisgeben, also verraten würde. Andrerseits sollte ihm Knopf, wenn notwendig, einen »Persilschein« ausstellen, ihn also reinwaschen vor irgendwelchem Verdacht. Ist St. ein alter Genosse von Knopf gewesen, ein Mitarbeiter oder ein Informant, der für Knopf gearbeitet hat? Knopfs Doppelrolle in der Begegnung mit St. gibt auch widersprüchlichen Vermutungen Raum. St. brauchte seine Hilfe und hatte zugleich Angst vor ihm. Hat St. Knopf getötet? Die Geheimnisse der Vergangenheit sind wie Leichengift, hatte der Doktor gesagt. Gibt es in den Kalenderbüchern frühere Aufzeichnungen über St.? Aus jenen Jahren, als Knopf noch im Dienst war?

Kant schlägt das Tagebuch des Jahres 1989 auf. Er hat nicht viel Hoffnung, auf St. zu stoßen. Private Aufzeichungen über dienstliche Angelegenheiten waren nicht gestattet. Hat sich Knopf an diese Weisung gehalten, wäre die Suche umsonst.

Trotz ihrer Winzigkeit erschließt sich Knopfs Handschrift rasch. Die Buchstaben sind klar und gerundet. Für einzelne Wörter, die häufig vorkommen, verwendet er stenografische Kürzel. Namen werden nur mit dem ersten oder den ersten beiden Buchstaben gekennzeichnet.

Bald hat sich Kant festgelesen.

Aus dem Zusammenhang der Sätze lassen sich allmählich Beziehungen erkennen und in ihrem Zustand oder ihrer Entwicklung verfolgen. Da ist G., die geschiedene Ehefrau, und W., der Sohn mit seiner Frau Ra. Da ist E., die Freundin – die Geliebte, müßte es genauer heißen, die er in R. zurückgelassen und seit einem dreiviertel Jahr nicht wiedergesehen hat. Wochenendausflüge sind festgehalten, Urlaubseindrücke, finanzielle Ausgaben, Titel von Büchern, die er gerade las.

Sogar die Witterung hat er täglich eingetragen: bedeckt, 14° oder regnerisch, Sturm, 3°. Auch Befindlichkeiten werden notiert, Ärger mit Kollegen, Zorn über La., einen Vorgesetzten anscheinend, Befriedigung über eine Auszeichnung, Freude über die Beförderung zum Hauptmann. Auch Depressionen treten auf, ihre Ursachen werden vage benannt: die Ahnung innerer Einsamkeit, Zweifel am Sinn seiner Arbeit. Kants Befürchtung, dienstliche Probleme könnten ausgespart sein, bestätigt sich nicht. Im Tagebuch wird auch über Dienstbesprechungen reflektiert, einmal ein operativer Vorgang skizzenhaft entworfen, ein neu gewonnener Informeller Mitarbeiter charakterisiert.

Und dann, im 87er Jahrgang, stößt er auf St.

»St. noch immer im Krankenhaus. Komplikationen. Rechnet mit mindestens noch sechs Wochen. Fatal, gerade jetzt vor der Synode.«

Kant lehnt sich zurück. Ist er in diesem Augenblick der Beziehung zwischen Knopf und St. nahe gekommen? Knopf war beunruhigt, daß St. so lange in der Klinik bleiben mußte. Er hätte ihn wohl dringend gebraucht, gerade vor der Synodaltagung. Anscheinend war für St. damit ein Auftrag verbunden. Welcher, ist nun nicht mehr schwer zu erraten: ein Bericht. Mit ziemlicher Sicherheit ist St. ein Pfarrer, der für Knopf als Informeller Mitarbeiter Berichte geschrieben hat.

Kant blättert Seite für Seite um. Er findet 1986 und 1985 zwei weitere Eintragungen, die seine Vermutung bestätigen.

Nun ist die Frage, ob St. den Anfang eines Decknamens oder des wirklichen Namens bezeichnet, von untergeordneter Bedeutung. Es dürfte nicht schwierig sein, festzustellen, welcher Pfarrer zur fraglichen Zeit im Kreiskrankenhaus gelegen hat. Kant schreibt ein Telefax in die Maschine und bittet die zuständige Polizeidirektion um die erforderlichen Auskünfte. Dann macht er Wirrwa mit seinen Überlegungen vertraut.

»Ein Pfarrer?« fragt Wirrwa betroffen.

»Höchstwahrscheinlich. Aber ich fürchte, das bringt uns nicht weiter. Ich glaube nicht, daß er Knopf getötet hat.«

»Pfarrer sind auch nur Menschen. Mit gleichen Ängsten. Und gleichen Rachegelüsten – sofern sie keine Heiligen sind.«

»Ich kann es mir trotzdem nicht vorstellen. Christi Aufruf zu Vergebung und Versöhnung – und dann ein Mord?«

»Es braucht ja kein Mord gewesen zu sein. Ein Streit, eine Auseinandersetzung, Körperverletzung mit Todesfolge ...«

»Ein Streit auf dem Müllplatz? Es paßt nicht zusammen. Und warum klammern Sie sich jetzt so an diesen St.? Haben Sie bisher nichts Brauchbares entdeckt?«

»Ich habe mit einer Ausnahme alle Leute befragt, die entsprechend den Rechnungs- und Quittungskopien ab Freitag mittag die Deponie aufgesucht haben. Nach Aussage von Doktor Füllhorn lebte Knopf noch, als Füllhorn gegen vierzehn Uhr die Deponie verließ.« Wirrwa nimmt eine Liste zur Hand. Nach Füllhorn kam ein weiterer Datschenbesitzer mit Haushaltsmüll. Ihm folgte irgendwann – die Zeit ist nicht festgehalten – ein Installateur, der eine zerlegte Duschkabine und Rohre brachte. Ein LKW lieferte die Überbleibsel einer Haushaltsauflösung ab. Ein Traktorist, der sein Eigenheim ausgebaut hat, fuhr Bauschutt an. Zwischendurch entlud das Müllauto der AGRAR zweimal. Ein Glasermeister aus dem Nachbarort brachte Glasbruch. Zum Schluß, also kurz vor achtzehn Uhr, erschien der Besitzer des Imbißstandes an der Eisenbahnbrücke mit dem üblichen Abfall. Alle Anlieferer einschließlich des letzten gaben an, daß Knopf noch lebte, als sie die Deponie verließen.

»Das sind vorerst nur Behauptungen. Gibt es Zeugen, vor allem für die Aussage des letzten Anlieferers?«

»Das habe ich noch nicht überprüft. Es wird schwierig, da diese Deponie nicht pausenlos frequentiert wird.«

»Dieser Kioskbesitzer – was ist das für ein Mann? Immerhin war er zur frühestmöglichen Tatzeit am Tatort.«

»Ein alteingesessener Vogelsänger. Hatte früher in Vogelsang die Konsum-Gaststätte geleitet.«

»Stellen Sie fest, ob es nicht doch irgendeine Beziehung zu Knopf gab.«

Kant nimmt sich derweil Knopfs Briefe vor. Sie sind in einem Schnellhefter nach dem Datum geordnet und stammen lediglich aus dem letzten halben Jahr. Es sind Briefe von der Schwiegertochter mit Berichten über die Enkel. Ein Brief von der geschiedenen Ehefrau, anscheinend eine Antwort auf Knopfs Mitteilung, er sei nach Abendröte-Vogelsang verzogen und habe hier Arbeit gefunden. Kühler, aber nicht unfreundlicher Wunsch, er möge sich der neuen Lebensweise anpassen können. Dann sind noch acht Briefe von Knopfs Freundin Elga. Sie versichert ihn zwar immer wieder ihrer Liebe, versteht aber nicht, daß sich Knopf »in diese Einöde« verzogen und sie in R. zurückgelassen habe. Sie sieht darin einen ersten Schritt für das Ende ihrer Beziehung. Im letzten Brief beschwört sie Knopf, nach R. zurückzukehren oder wenigstens ein Wiedersehen in Abendröte-Vogelsang vorzubereiten. Diesen Brief hatte Knopf vor zwei Wochen erhalten.

Das Telefon läutet. Wachtmeister Schlenkrich meldet sich. Er bedauert, keine sachdienlichen Hinweise über Knopfs Aufenthalt im Ort geben zu können. Längst nicht alle Einwohner wußten von seiner Existenz. Er galt als Sonderling, der sich von allem dörflichen Leben fernhielt. Umgekehrt fanden auch die Leute, die seine Vergangenheit kannten, keinen Kontakt zu ihm.

»Gab es Auseinandersetzungen mit Knopf? Angriffe? Haßausbrüche?«

»Keine Anzeichen dafür. Wissen Sie, Herr Kommissar, auf dem Dorf sagen die Leute, der Mann hat uns nichts getan, warum sollen wir ihm etwas tun? So hat man sich immer schon verhalten, nach fünfundvierzig genauso wie nach neunundachtzig. Das ist jedenfalls meine Erfahrung. Abstrakten Haß werden Sie hier nicht finden. Zum Beispiel hat Abendröte noch seinen alten Bürgermeister, obwohl der in der SED gewesen ist. Und den alten LPG-Vorsitzenden als Direktor der AGRAR GmbH. Und ich als ehemaliger Abschnittsbevollmächtiger bin auch noch da. So ist das hier.«

»Gut, Wachtmeister, ich melde mich wieder.«

Kein abstrakter Haß. Kant hat dem mürrischen Schlenkrich eine solche Formulierung nicht zugetraut. Vielleicht macht die Nähe, in der die Leute miteinander leben müssen, toleranter? Sieht man hier im Nachbarn eher das Individuum als seine Rolle mit all ihren Zwängen? Macht das nachsichtiger gegenüber der Rolle? Man darf das sicher nicht verallgemeinern. Jedenfalls gibt es noch immer kein Anzeichen, daß die Brutstätte des Verbrechens in Abendröte-Vogelsang zu suchen ist.

Dr. Waltharis Anruf unterbricht Kants Überlegungen.

»Wenn Sie Überraschungen erwarten, muß ich Sie enttäuschen, Herr Kommissar. In Kürze den vorläufigen Befund.«

Kant nimmt Stift und Schreibblock zur Hand. Er will sich die Stichworte notieren. Dr. Walthari ist immer bemüht, zumindest im vorläufigen Befund fachspezifische Ausdrücke, wenn möglich, zu vermeiden. »Wir haben«, fährt der Rechtsmediziner fort, »zwei Gruppen schwerer tödlicher Verletzungen gefunden, hervorgerufen durch Sturz aus großer Höhe. Erstens die Schädelverletzungen. Zunächst handelt es sich um einen Berstungsbruch. Der Mann ist beim Sturz senkrecht mit dem Schädeldach auf dem planen Felsboden aufgeschlagen. Das Schädeldach wurde völlig zertrümmert. Dabei ist die Schädelbasis axial gegen die Wirbelsäule gestaucht worden. Diese Verformung führte zu weiteren Brüchen in der Schädelbasis. Daneben gibt es eine zweite Gruppe von Verletzungen, unter denen ich nur mehrere Rippenbrüche und eine Anspießung des Herzbeutels durch ein Rippenbruchstück nenne. Ferner Schlüsselbeinbruch und Leberruptur. Eigentliche Todesursache ist Hirnlähmung infolge der Schädelverletzungen. Da die äußeren Umstände einen Selbstmord unwahrscheinlich machen, bleibt für Sie nach wie vor die Frage nach dem Fremdverschulden.«

»Konnten Sie feststellen, ob das Opfer in den Abgrund gestoßen wurde?«

»Ich deutete schon am Fundort an, daß wir bei einem Sturz aus großer Höhe meist nicht nachweisen können, wie es zum Sturz kam. Die schweren Verletzungen, vor allem im Bereich von Schädel und Rumpf, gestatten es in der Regel nicht, Anzeichen von Druck oder Stoß von den Einwirkungen des Aufpralls abzugrenzen. Auch in diesem Fall war uns das unmöglich.«

»Wäre ein selbstverschuldeter Unfall denkbar?«

»Natürlich – rein medizinisch gesehen. Aber warum wäre dann der Leichnam in den Müll gebracht worden?«

»Wie genau läßt sich die Todeszeit bestimmen?«

»Am Freitag zwischen siebzehn und neunzehn Uhr.«

»Ein Zeuge will das Opfer gegen achtzehn Uhr noch lebend gesehen haben.«

»Nun, eine Stunde dürfte wohl reichen, um den Mann in den Abgrund zu befördern«, bemerkt Dr. Walthari mit der ihm eigenen Ironie.

»Ja«, antwortet Kant, »dafür reicht sie wohl aus.«

Sonntag, 1. September 1991

Kant steht am Rande des Abgrunds.

Es ist ein blauer Spätsommerabend. Über der Müllkippe lasten Rauchschwaden. Der glutrote Sonnenball zittert im Dunst. Das Gekreisch der Krähen erinnert an Winter und Einsamkeit.

Der Kommissar blickt hinab. Plastik, Lumpen, Blech und Scherben. Die Autowracks im schwarzen Tümpel. Alles wie vor zwei Wochen, als der Tote dort unten lag. Nur das Blut auf dem Gestein hat der Regen abgewaschen. Zwei Wochen Ermittlung und keinen Schritt weitergekommen. Alle Spuren führten ins Nichts. Keine brauchbaren Abdrücke hier oben am Felsrand, keine unten auf dem steinigen Grund. Der Teppich, auf dem die Leiche gelegen und von der Absturzstelle bis zum Fuß des Müllbergs geschleift worden war, bot keinen Hinweis auf den Täter. Er hatte ihn dem Müll entnommen, wie die langwierige Suche nach dem ehemaligen Besitzer des Teppichs ergab. So hatte sich die Hoffnung zerschlagen, daß der Teppich dem Täter gehört haben und zu ihm führen könnte. Der frühere Besitzer besaß ein Alibi. Ein Alibi hatte auch der anfangs verdächtigte St. St. bedeutete Stefan und war der Deckname des Pfarrer Trautmann gewesen, eines Informellen Mitarbeiters des Führungsoffiziers Knopf. Trautmann hatte sich gleich nach seinem gescheiterten Gespräch mit Knopf seinen Kirchenoberen offenbart. Er brauchte keine Enthüllung mehr zu fürchten und hätte keinen Anlaß mehr gehabt, Knopf zu beseitigen. Außerdem war Trautmann am Tag des Todes von Knopf nachweislich zu Hause gewesen. Der Kioskbesitzer, der nach bisheriger Erkenntnis als letzter Knopf gesehen hatte, war ebenfalls anfangs in Verdacht geraten, weil er sich zur möglichen Tatzeit auf dem Deponiegelände befunden hatte. Der Verdacht ließ sich jedoch nicht aufrechterhalten. Er besaß kein Motiv, Knopf zu töten. Vor allem aber hätte er, wie er überzeugend versicherte, als Täter den sozusagen dokumentarischen Hinweis für seine Anwesenheit, das Duplikat der Rechnung, vernichtet. Oder hätte sich gar nicht erst als Anlieferer gemeldet und von Knopf in das Rechnungsbuch eintragen lassen.

Der Täter, so stand also schließlich fest, war erst nach achtzehn Uhr hier aufgetaucht, nach offizieller Schließung der Deponie. Tatsächlich war sie da aber noch nicht verschlossen, die Schranke stand noch offen. Stammt der Täter aus dem Ort oder der näheren Umgebung, konnte er nicht damit rechnen, Knopf nach achtzehn Uhr noch anzutreffen und seinen Mordplan auszuführen. Es sei denn, Knopf war mit dem Mörder in der Deponie verabredet gewesen und hatte ihn arglos erwartet. In diesem Fall blieb es trotzdem schwer verständlich, wie der Täter sein Opfer dazu bringen konnte, sich mit ihm bis an den Rand des Abgrunds zu begeben. Denkbar war, daß sich Täter und Opfer zufällig an dieser Stelle trafen und der Täter, aus welchem Motiv auch immer, Knopf in die Tiefe stieß. Alle Nachforschungen über eine Konfliktlage Knopfs hatten nichts ergeben. So verdichtete sich die Vermutung, der Täter komme aus dem früheren Lebenskreis des Toten oben in Mecklenburg und habe eine alte Rechnung beglichen. Aber auch dafür fanden sich keine Anhaltspunkte.

Oberstaatsanwalt Hollergschwandtner, beunruhigt über das Scheitern aller Ermittlungen (»in einem so brisanten politischen Fall!« hatte er anklagend gerügt), war schließlich von einer ganz andern Vermutung heimgesucht worden. Möglicherweise war der frühere Täter kein Stasi-Opfer, sondern ein Stasi-Genosse. Oder eine ganze Stasi-Genossenschaft, die Knopf aus zwingenden Gründen beseitigt hatte. Vielleicht hatte er sich irgendwelchen neuen Aktivitäten verweigert? Vielleicht besaß er belastendes Material über andere Genossen und erpreßte sie? Vielleicht war es so eine Art Fememord? Doch auch für diese Theorie fanden sich keinerlei Beweise.

Kant hört die Krähen nicht mehr. Sie haben sich auf ihre Schlafbäume verzogen, fern am Waldrand. Die Sonne ist untergegangen. Er blickt in den dunkelnden Abgrund hinab, als könnte er dort noch irgendeine Spur entdecken. Der Müll hat alle Spuren verschluckt.

Die Akte Knopf ist selber nicht mehr wert als Müll.

Sonnabend, 9. Mai 1992

Thomas stützt sich mit beiden Händen auf dem feuchten Waldboden ab. Sein nackter Körper ist schweißnaß. Er spürt den kalten Windhauch nicht, der über seinen Rücken streift. Sein Leib bewegt sich schneller und schneller. Thomas fühlt, daß er jetzt dem Höhepunkt entgegenjagt. Seine Zunge versenkt sich tief in Andreas aufgerissenem Mund. Undeutlich nimmt er wahr, daß Andrea von ihren Kleidungsstücken geglitten ist, auf denen sie bisher gelegen hatte. Andrea bemerkt nicht, daß sich Kiefernnadeln in ihren Rücken spießen. Sie starrt leeren Blicks empor, in die Wipfel der Bäume, der

Wellen gewärtig, die sie gleich überfluten werden.

Die Seufzer von Thomas und Andrea vereinen sich zu einem Schrei. Der bricht rasch und erschrocken ab, als gehöre er nicht in die Stille der Waldlichtung.

Thomas liegt jetzt reglos auf Andrea, wie auf einem warmen Polster. Er hört den Klagelaut des Bussards hoch oben und kehrt langsam in die Wirklichkeit zurück. »Ist dir kalt?« fragt er das Mädchen.

»Ein bißchen. Irgendwas piekst mir in den Rücken.«

Thomas rollt sich zur Seite und erhebt sich. Er reicht Andrea die Hand. Leichtfüßig springt sie auf. Sie stehen voreinander und blicken sich an. Er legt seine Arme um sie. Eng aneinandergepreßt bleiben sie noch eine Weile stehen. Schließlich löst er sich von ihr und befreit ihren Rücken von einigen Kiefernnadeln. Dann wendet er sich um, streift die schützende zweite Haut ab und verscharrt sie im Waldboden. Dabei spürt er neues Verlangen. Aber Andrea ist bereits dabei, sich anzukleiden. Sie schaut ihn an, schüttelt den Kopf und sagt, sie friere. »Dann eben nicht«, murmelt er und zieht sich rasch Slip, Jeans und Hemd über.

»Sei nicht gleich sauer«, sagt Andrea. »Mir ist es jetzt wirklich zu kalt.« Sie nimmt seine Hand und zieht ihn mit sich davon. Hand in Hand rennen sie zwischen Kiefern, Birken und Himbeerhecken den Abhang hinab, bis zum Waldrand hinunter. Vor ihnen dehnen sich die Bergwiesen des Stillen Tals.

Andrea bleibt stehen. »Guck mal, die Wildschweine.«

Auch Thomas sieht die vier Tiere den Weg entlangtrotten, der das Tal längs durchzieht. Als Thomas weitergehen will, hält sie ihn zurück. »Hast du etwa Angst, Andrea? Sobald die uns erblicken, rennen sie davon.«

Und so ist es auch. Kaum haben die beiden den Wald verlassen, ergreifen die Schweine die Flucht. Doch dann scheint eins von ihnen zu stürzen – nein, in eine Bodenvertiefung zu fallen. Sein Hinterleib sackt ab. Es versucht, sich aufzurappeln und wieder festen Boden unter die Hinterbeine zu bekommen. Zappelnd, sich aufbäumend, wirft es sich schließlich empor, steht einen Augenblick wie verwundert still und jagt dann den andern nach.

»Hast du gesehen, Andrea, es hat ganz weiße Hinterbeine.«

»Ja. Vielleicht ist es in eine Düngergrube gefallen.«

»Nein«, widerspricht Thomas. »Das muß die alte Kalkgrube von der LPG sein.« Er sagt immer noch »LPG«, an das umständliche neue Wort kann er sich nicht gewöhnen.

Sie gelangen bald auf den Weg. Während sie sich der Kalkgrube nähern, erklärt Thomas, sie würde sich schon ewig dort befinden, seit seiner Kindheit. Manchmal sei sie nachgefülllt worden, aber immer mit Brettern abgedeckt gewesen.

Sie erreichen die Grube. Zehn mal zehn Schritt im Umfang, schätzt Thomas. Die Bretter über der Grube sind mit Moos bewachsen. »Da sind zwei Bretter durchgebrochen. Völlig morsch. Wäre der Spalt breiter, wäre das Schwein gewiß ganz hineingestürzt. So konnte es sich noch irgendwie abfangen.«

Thomas tritt an den Grubenrand. »Hier müßte ein Warnschild her. Ist richtig gefährlich. Vor allem für Kinder.« Er kniet nieder und blickt in das dunkle Loch. Plötzlich schiebt er noch ein Brett zur Seite, dann noch eines und erweitert in fieberhafter Eile die Öffnung.

»Was machst du denn?« Andrea wird allmählich ungeduldig. Thomas steht langsam auf und blickt sie schweigend an.

»Was ist denn? Komm doch endlich. Thomas! Du bist ja ganz weiß im Gesicht!«

»Weiß?« Er lacht seltsam. »Weiß!«

Er kniet erneut nieder und starrt in die Grube.

»Ist etwa schon ein Tier hineingefallen?«

Wieder erhebt er sich. »Kein Tier. Ein Mensch.«

Andrea will es nicht glauben. Sie geht an den Grubenrand und beugt sich hinab. »Dort in der Ecke«, flüstert Thomas. Warum flüstere ich, denkt er im selben Augenblick, der Tote im Kalk hört mich nicht mehr. Andrea hat den Kopf noch tiefer gesenkt. Etwas ragt aus der weißen Masse heraus. Sie erkennt einen Schuh und ein Stück Bein. Sie richtet sich auf. Weiche Knie. Sie hält sich an Thomas fest. Er zieht sie empor.

»Glaubst du wirklich, Thomas, daß da … daß da ein Toter drin liegt? Vielleicht ist es nur ein Schuh?«

»Du hast doch auch den Fuß gesehen, nicht wahr? Den Unterschenkel. Das Hosenbein. Das hast du doch gesehen!«

Sie nickt. »Grauenhaft. Ob er hineingestürzt ist?«

»Was hat jemand hier draußen zu suchen, an der Kalkgrube?«

»Vielleicht war er betrunken. Und ist drüber gelaufen und eingebrochen.«

Plötzlich fällt Thomas etwas ein. »Strabernack wird doch seit Wochen vermißt!«

»Du glaubst, das ist Strabernack? Unsinn! Doch nicht Strabernack! Der würde niemals …«

»Was würde er niemals?«

»Ich weiß nicht. Ich kann mir's nicht vorstellen.«

Thomas beendet die Mutmaßungen. Er weiß aus Kriminalfilmen, was zu tun ist, wenn man eine Leiche findet. Andrea soll den Wachtmeister Schlenkrich benachrichtigen, er würde hierbleiben, am Tatort, wie er es etwas gespreizt verkündet. Aber sie lehnt entrüstet ab. Sie will nicht allein ins Dorf zurück, auf dem einsamen Wiesenweg. Sie hat Angst. Wovor? Sie weiß nicht, wovor. Vielleicht vor dem Geist des

Toten, dem sie begegnen könnte. Tote stehen wieder auf und richten Unheil an. Das hat sie auf Videos gesehen. Und Thomas soll deshalb auch nicht allein zurückbleiben. Thomas lacht. Sie hat kein Verständnis für seine Sorglosigkeit. Tote seien noch lange nicht tot. So stimmt Thomas schließlich zu, mit Andrea zusammen Schlenkrich zu informieren.

Sie kommen an den Datschen von Rosenbluth und Dr. Füllhorn vorbei. »Vielleicht hat der Doktor ein Telefon.«

»Hier draußen?« Thomas rüttelt am Gartentor. Verschlossen. »Weiter!«

Zwanzig Minuten später erreichen sie den Polizeiposten. Andrea will draußen warten. Thomas trifft im Amtszimmer Schlenkrich allein an. Es ist ja Sonnabend, er hat Bereitschaftsdienst. Schlenkrich blickt flüchtig auf und vertieft sich erneut in irgendwelche Papiere. Thomas empfindet Wut. Schlenkrich macht sich wieder einmal wichtig. »He!« ruft er. »Kundschaft!«

Schlenkrich fragt, ohne aufzusehen: »Ist was?«

»Wir haben eine Leiche gefunden.«

»Ach nee.« Schlenkrich grinst. »Eine Leiche gefunden. Na, so was!«

»In der Kalkgrube im Stillen Tal.«

»In der Kalkgrube. Aha.« Schlenkrich windet sich schwerfällig empor und tritt dicht vor den Jungen. »Hast du einen sitzen oder was?«

»Ich dachte, vielleicht ist es Strabernack.«

»Strabernack?« Schlenkrich schüttelt verständnislos den Kopf. Er deutet auf einen Stuhl. Thomas setzt sich, Schlenkrich nimmt ihm gegenüber Platz. »Wieso Strabernack? Hast du ihn erkannt?«

»Ich hab nur einen Schuh gesehen mit einem Bein dran. Alles übrige – also das steckt wohl noch im Kalk.«

Schlenkrich denkt nach. Prüfend blickt er Thomas an. »Du verarschst mich!«

»Meine Freundin hat es auch gesehen. Sie wartet draußen. Sie kann es bezeugen.«

»Strabernack«, murmelt Schlenkrich. »Das kann nicht Strabernack sein. Strabernack ist verschwunden.«

Thomas ist von dieser absurden Logik verwirrt. Schlenkrich scheint völlig durchgedreht zu sein.

Damit hat Thomas wohl nicht so unrecht. Schlenkrich müßte sich freuen, wäre Strabernack endlich gefunden. Der Polizeiposten von Abendröte-Vogelsang, also Schlenkrich und seine Leute, trug die Hauptlast der bisher vergeblichen Vermißtensuche. Und damit auch die Hauptlast des Mißerfolgs.

Sollte der Tote in der Kalkgrube tatsächlich Strabernack sein – nicht auszudenken, was dann auf uns zukommt! Die Leiche sozusagen nebenan. Und wir haben sie nicht gefunden! Tagelang gesucht. Aber nicht in der Kalkgrube. Wozu auch da draußen! Ob ich Kommissar Kant informiere? überlegt Schlenkrich. Aber wenn der Tote gar nicht Strabernack ist? Und wenn es überhaupt keine Leiche gibt, sondern … Sondern was? Er kennt Thomas gut genug, der phantasiert sich eine solche Geschichte doch nicht zusammen! Schlenkrich spürt wachsendes Unbehagen. Jetzt kommt es auf eine Stunde auch nicht mehr an. Er wird die Sache erst mal selber in Augenschein nehmen und fordert Thomas und Andrea auf, ihn zur Kalkgrube zu begleiten. Er hält in gehöriger Entfernung von der Kalkgrube. Nur keine Spuren verwischen. Die beiden müssen im Wagen bleiben.

Vorsichtig geht Schlenkrich auf die Grube zu. Der Weg war einst mit aufgeschüttetem Split befestigt gewesen. Jetzt überwuchern Grasbüschel den Belag. Die Grube liegt einige

Meter seitab vom Weg. Den Blick zu Boden gerichtet, tritt Schlenkrich näher. Zwei Bretter durchgebrochen. Mehrere beiseite geschoben. Schlenkrich kniet nieder und blickt hinein. Er sieht das Bein, das aus dem Kalk ragt. Unglaublich! Gespenstisch! Erregt schnaufend, steht Schlenkrich wieder auf und kehrt zum Wagen zurück. Thomas und Andrea erwarten ihn schweigend.

»Und ihr könnt beschwören, daß die Grube zugedeckt war?«

Sie bestätigen es. Schlenkrich weiß, was das bedeutet. Wie der Tote auch immer in die Grube gelangt ist – jemand hat sie danach wieder zugedeckt. Schlenkrich denkt an den Toten im Müll. Der war auch versteckt worden. Ein Unfall wurde ausgeschlossen. Und jetzt dasselbe: ein Toter in einer verschlossenen Grube. Wieder ein Mord. Das sind zwei seit vorigem Sommer. All die Jahre zuvor Ruhe und Frieden. Eine Schlägerei mal, ein Einbruch im Konsum, ein Autodiebstahl. Aber Mord! Jährliche Steigerungsrate zweihundert Prozent! Damit läßt Abendröte-Vogelsang Hamburg und Chicago glatt hinter sich! Zweihundert Prozent. Vielleicht kommen wir bald ins Guinness-Buch der Rekorde! Schlenkrich lächelt böse. Freiheit, denkt er, erlebe ich zuerst mal als freies Wachstum der Kriminalität. Er greift zum Funkgerät.

Das Stille Tal unterwirft sich gelassen ungewohnter Geschäftigkeit. Diesmal ist auch Oberstaatsanwalt Hollergschwandtner dabei. Sorgfältig verfolgt er die Vorgänge an der Kalkgrube. Es gibt keinen Anlaß zu Mißtrauen, sagt er sich. Kommissar Kant ist ein alter Routinier, Wirrwa ein gewissenhafter Rechercheur, Dr. Walthari eine anerkannte Kapazität. Die Techniker verstehen ihr Handwerk. Trotzdem – der Fall Knopf ist nicht aufgeklärt worden. Das darf uns nicht wieder passieren. Sollte der Tote dort tatsächlich Strabernack sein, und das ist ziemlich wahrscheinlich, o mei! Kruzifix noch emol! Erst der Stasi-Mann, jetzt der CDU-Abgeordnete. Da ist doch was faul, das spürt doch ein Blinder mit 'm Krückstock! Das wächst sich zu einer politischen Affäre aus. Wir müssen sie aufklären. Sonst zieht mich die Presse durch den Dreck, in West und Ost. Also aufpassen, keine Nachlässigkeit dulden, energisch anleiten. Knopfs Tod hatte nicht viel Aufsehen erregt. Aber Strabernack war eine Persönlichkeit.

Auch Kant denkt in diesem Augenblick, da die Techniker hartnäckig nach Spuren suchen, an Knopf. Ein Toter im Müll, ein Toter im Kalk. Die beiden ungewöhnlichen Fundorte beschäftigen ihn jetzt mehr als die Identität des Toten.

Nachdem die Videoaufnahmen der Grube, der Bretter, von Bein und Fuß beendet sind, treten die Herren des städtischen Bestattungsinstituts an den Grubenrand. Sie verhehlen kaum ihren Widerwillen gegen die bevorstehende Arbeit. Gleich nach ihrer Ankunft hatten sie gegen die Anweisung des Oberstaatsanwalts protestiert, den Toten aus der Grube zu ziehen und einzusargen. Man hätte sie vorher informieren sollen, was man von ihnen verlange, hatten sie erklärt. Der Kalk werde ihre schwarzen Anzüge versauen. Hollergschwandtner hatte den Einspruch mit Recht zurückgewiesen.

So stehen sie nun am Grubenrand, streifen sich die Gummihandschuhe über, beugen sich hinab und beginnen, eng aneinandergelehnt, mit ihrer unwürdigen Arbeit. Sie ergreifen den Unterschenkel des Mannes im Kalk und versuchen, den ganzen Körper herauszuziehen. Ebensogut könnten sie versuchen, einen Baum aus dem Erdreich zu ziehen. Der Kalk, zu glitschigem Gestein erstarrt, hält seinen Gefangenen fest. Sie unternehmen einen weiteren Versuch. Der Boden unter ihren Füßen gibt nach. Ihre gebeugte Haltung hindert sie daran, noch mehr Zugkraft einzusetzen. Sie lassen ab von dem Bein und richten sich auf. Ohne eine Winde, erklären sie, sei es nicht zu schaffen.

Hollergschwandtner schickt Schlenkrich zur AGRAR, um eine Winde herbeizuholen.

Dr. Walthari setzt sich wartend in seinen Wagen.

Kant gießt sich aus der Thermoskanne einen Kaffee ein.

Wirrwa schreitet gemessen auf und ab.

Hollergschwandtner steht kerzengerade und stumm am Wegrand.

Die Herren von der Bestattung verharren vorwurfsvoll und beschämt vor dem Leichenwagen.

Der Unterschenkel des Toten ragt anklagend aus dem Kalk.

Nach einer halben Stunde kehrt Schlenkrich zurück. Ein Traktor mit Hänger folgt ihm. Der Traktorist und sein Begleiter steigen ab, Schlenkrich verweist sie an Hollergschwandtner. Der Oberstaatsanwalt erklärt ihnen ihre Aufgabe. Zusammen mit den Herren in Schwarz laden sie die Winde vom Hänger ab und stellen sie über der Grube auf. Mit scheuem Blick schlingen sie ein Stahlseil um das Bein der Leiche, die bald langsam, in einer Art feierlicher Enthüllung, kopfunter ihrem Grab entschwebt.

Wie eine riesige Lebkuchenfigur, mit Zucker glasiert, fährt es Kant durch den Sinn. Aber sogleich muß er dieses Bild korrigieren, als er das Gesicht der Leiche betrachtet. Es gleicht einer Horrormaske: kalkweiß, mumienhaft vertrocknet. Zerfressene Augen, bleckende Zähne.

Die Herren von der Bestattung ziehen den Toten an den Schultern über den Grubenrand und legen ihn auf den Rükken. Die Videokamera surrt. Erst nah, dann groß: Kopf, Körper, Arme, Beine, Füße.

In der Brusttasche der Leiche finden sich einige Papiere, aufgeweicht, unleserlich. Aber der eingeschweißte Personalausweis ist unzerstört. Der Tote ist Leo Strabernack, Chef der AGRAR GmbH und CDU-Kreistagsabgeordneter.

Dr. Walthari hat seinen Wagen verlassen und sieht sich den Leichnam an. Er ist sich bewußt, daß der Zustand der Leiche noch keinen genauen Befund erlaubt. Die Todeszeit läßt sich im Moment überhaupt nicht feststellen. Die durch den Kalk verursachte Austrocknung deutet darauf hin, daß der Mann schon wochenlang in der Grube gelegen hat. Ob Strabernack tot oder noch lebend in den Kalk geschoben worden ist, muß ebenfalls offenbleiben.

»Die Leiche konnte nur mit der Winde herausgezogen werden«, wendet Hollgergschwandtner ein. »Wie hat der Täter den Mann in den Kalk hineingestoßen? Dazu brauchte er doch fast übermenschliche Kräfte!«

»Nun, so schwierig war das vielleicht doch nicht«, erklärt Dr. Walthari. »Die Kalkmasse – Löschkalk, nebenbei gesagt – hätte es in ihrem augenblicklichen verfestigten Zustand sicherlich unmöglich gemacht. Ich nehme an, der Körper wurde in den Kalk verbracht, als dieser gerade gelöscht worden war und sich noch in einem breiigen Zustand befand. Der erstarrende Löschkalk hat die Leiche sozusagen eingeschlossen – wie eine Fliege im Bernstein.«

Hollergschwandtner schüttelt sich. Kant kennt die makabren Vergleiche Waltharis.

Mißmutig muß sich der Oberstaatsanwalt mit dem mageren medizinischen Befund zufriedengeben. Er weist den Doktor auf die Bedeutsamkeit des Falles hin und erbittet so rasch wie möglich das rechtsmedizinische Gutachten.

Dr. Walthari läßt sich nicht gern unter Druck setzen. »Sie haben wochenlang Zeit gehabt, Herr Hollergschwandtner, den Vermißten zu finden. Da wird es nun auf ein paar Stunden auch nicht ankommen, nicht wahr? Gerade wenn es ein bedeutsamer Fall ist, müssen wir uns Zeit dafür nehmen. Übermorgen haben Sie den Befund.«

Hollergschwandtner nickt verdrossen. Er wird sich die Leute vom Polizeiposten Abendröte-Vogelsang noch vornehmen. Warum zum Teufel haben sie bei der Fahndung nach dem Vermißten nicht auch die Kalkgrube überprüft!

Dr. Walthari verabschiedet sich. Der Tote wird eingesargt. Die Herren in Schwarz begeben sich mit dem Sarg in ihren schwarzen Wagen, nicht ohne den Kommissar wissen zu lassen, daß sie sich weit über ihre Pflicht hinaus in diesem unappetitlichen Fall engagiert hätten. Auch die Techniker verlassen den Fundort, und die zwei Traktoristen machen sich mit ihrem Gefährt davon.

Hollergschwandtner blickt auf die Uhr. »Ich könnte jetzt einen kräftigen Bissen vertragen. Dabei könnten wir gleich die nächsten Schritte der Ermittlung festlegen.«

»Ich empfehle das Restaurant ZUM GRÜNEN HERZEN«, sagt Schlenkerich diensteifrig.

Hollergschwandtner lacht. »ZUM GRÜNEN HERZEN?«

»Thüringen nennt sich das Grüne Herz Deutschlands, Herr Oberstaatsanwalt.«

Hollergeschwandtner hat gut gespeist. Die Spanferkelscheiben waren zart, die Klöße locker, das Sauerkraut pikant gewürzt. Das Bier entspricht bajuwarischen Maßstäben. Auch Kant und Wirrwa haben ihre Mahlzeit, Klöße und Sauerbraten, beendet. Hollergschwandtner steckt sich eine Zigarre an. Die Nische, in der die drei Platz genommen haben, füllt sich bald mit blauem Dunst.

»Gehen wir von den äußeren Umständen aus«, beginnt der

Oberstaatsanwalt. »Ein natürlicher Tod ist wohl ebenso ausgeschlossen wie ein Unfall. Wir müssen annehmen, der Herr Abgeordnete wurde durch Schlag, Schuß, Stich oder sonstwie reaktionsunfähig gemacht und tot oder noch lebendig in die Kalkgrube gebracht. Klar?«

Kant nickt.

»Unabhängig vom medizinischen Gutachten werden Sie also jetzt schon ermitteln: erstens das persönliche Umfeld des Toten, Beziehungen, Konflikte, Feindschaften, die zweitens das Mordmotiv erhellen könnten. Was das Motiv betrifft, so scheint es eindeutig ein politisches zu sein, wenn wir von der Persönlichkeit des Opfers ausgehen. Drittens: Rekonstruktion des letzten Lebenstages des Toten.«

»Sobald wir wissen, an welchem Tage er starb.«

»Am Tag seines Verschwindens wahrscheinlich. Ich brauche nicht zu wiederholen, wie wichtig eine rasche Aufklärung ist. Der liebe Gott möge uns davor bewahren, daß hier eine politische Schweinerei zutage tritt.«

»Woran denken Sie dabei, Herr Oberstaatsanwalt?«

»Der Stasi-Mann Knopf und der CDU-Abgeordnete Strabernack – ich habe die dumpfe Ahnung, die beiden hängen irgendwie zusammen. Würde sich das bestätigen, dann gute Nacht. Meine Partei steht hier ohnehin schon mit dem Rükken zur Wand.«

Hollergschwandtner blickt wieder auf die Uhr. »Mein Gott, schon so spät. Ich habe meiner Frau versprochen, zum Kaffee daheim zu sein.«

Er winkt dem Kellner, um zu zahlen. Doch der Kellner verschwindet erst einmal in der Küche.

»Mich bewegt noch etwas anderes, Herr Oberstaatsanwalt. Sie halten einen Zusammenhang zwischen der Tötung Knopfs und Strabernacks für möglich. Auch ich schließe das nicht aus. Aber ich sehe da eine andere Gemeinsamkeit beider Fälle. Das sind die ungewöhnlichen Fundorte der Leichen: Müllgrube und Kalkgrube. Wobei die Kalkgrube noch weit makaberer ist, wenn ich an die Begleitumstände denke.«

»Worauf wollen Sie hinaus? Auf einen geisteskranken Mörder? Und warum sucht der sich gerade diese beiden Opfer aus?«

»Vielleicht deutet eben das auf eine psychische Abnormität hin.«

Hollergschwandtner denkt nach. Schließlich fragt er Wirrwa: »Ist das auch Ihre Meinung?«

»Der Herr Kommissar weiß«, sagt Wirrwa und bedenkt dabei jedes Wort, »daß ich seinen oft schr weitläufigen Vermutungen nicht immer folgen kann.«

»Verständlich«, stimmt ihm Hollergschwandtner zu. »Ein Geisteskranker – das wäre zwar die beste Lösung. Aber soviel Glück haben wir bestimmt nicht.«

Der Kellner bringt die Rechnung. Hollergeschwandtner zahlt und erhebt sich. »Wünsche den Herren ein erfolgreiches Wochenende. Ich bin Montag mittag wieder zurück und bitte dann um Ihren ersten Bericht.« Er schnippt die Asche von der Zigarre, nickt beiden zu und verläßt die Nische. Durchs Fenster sieht man ihn in seinen Wagen steigen und, die Zigarre in der Hand, starten.

»Der Wagen muß die reinste Gaskammer sein«, bemerkt Wirrwa angeekelt. In seinem Auto herrscht strenges Rauchverbot. Nicht so sehr, um die Lunge zu schonen, wie er einmal bekannte, sondern weil Aschekrümel Sitze und Armaturenbrett verunreinigen könnten.

»Nun denn«, sagt Kant, »bereiten wir uns also ein erfolgreiches Wochenende! Ich liebe diese stillen Samstage und Sonntage, wo wir uns, ungestört von der Hast des Alltags, fern den heimatlichen Gefilden, geruhsam auf Spurensuche begeben können. Oh, wie ich diese stillen Wochenenden liebe!«

»Ihr Zynismus versüßt mir meinen Job ungemein«, knurrt Wirrwa.

»Rufen Sie bitte Wachtmeister Schlenkrich. Ich brauche noch einige Auskünfte von ihm.«

Eine Viertelstunde später erscheint Schlenkrich. Mürrisch setzt er sich an den Tisch. Wahrscheinlich wäre er bei dem Gespräch mit dem Oberstaatsanwalt gern dabeigewesen. Aber Hollergschwandtner achtet streng auf die Hierarchie.

Kant will wissen, wie die Vermißtensache Strabernack bisher behandelt worden sei.

Mit Hilfe seines Notizbuchs berichtet Schlenkrich, die Ehefrau Strabernack habe ihm am Freitag, dem siebzehnten April, mitgeteilt, ihr Mann sei seit einer Woche, also seit Freitag, dem zehnten, verschwunden. Kant findet es ungewöhnlich, daß Frau Strabernack eine ganze Woche mit der Anzeige gewartet hat. Schlenkrich lächelt wissend. »Das ist nicht ungewöhnlich, Herr Kommissar, wenn Sie die Ehe Strabernacks gekannt hätten. Sie haben Strabernack damals gesehen, als er Ihnen Auskunft über Knopf gab. Sie haben bestimmt gedacht, ein flinker kleiner Kerl, zum Umpusten dürr. Aber ein guter Hahn wird selten fett, wie man so sagt. Strabernack war ein richtiger Fosenhahn. Ein Schlotfeger nach Maß. Hobelhengst! Hurenbock! Schlitzbulle! Strabernack war der Platzhirsch von Abendröte-Vogelsang!«

Wirrwa räuspert sich verlegen. Kant lächelt. Man lernt doch nie aus in der Volkssprache. Aber warum ereifert sich Schlenkrich so. Der Mann scheint prüde zu sein. Nein, dann kämen solche Worte nicht über seine Lippen. Plötzlich schießt ihm ein anderer Gedanke in den Kopf. »Entschuldigen Sie die Frage, Wachtmeister. Sind Sie verheiratet?«

Schlenkrich verfärbt sich. »Ja, warum?«

Kant blickt zur Decke. »Strabernack war also ein Hurenbock. Und was hat das mit der verspäteten Vermißtenanzeige zu tun?«

Schlenkrich hat sich wieder gefaßt. »Na, daß Strabernack manchmal tagelang verschwunden war. Und seine Frau nicht wußte, in welchem Bett er gerade schlief. Hätte sie jedesmal, wenn er ein paar Tage und Nächte nicht heimkam, Vermißtenanzeige erstattet – o Gott, da hätten wir ständig einen Sondersuchtrupp bereithalten müssen.«

»Frau Strabernack hatte also angenommen, ihr Mann hielte sich wieder bei einer Frau auf.«

»Genau. Bloß eine ganze Woche – das kam ihr dann doch etwas merkwürdig vor. Zumal er auch nicht im Betrieb erschienen war.«

»Es kam also auch vor, daß er tagsüber im Betrieb war und die Nächte bei einer andern Frau verbrachte?«

»Manchmal erschien er auch tagelang nicht im Betrieb.«

»Und diese Extravaganzen schadeten seiner Autorität nicht?«

»Er war ja der Chef. Und vor dem Chef wird gekuscht. Das war früher so, und heut ist das nicht anders. Außerdem …«

»Ja, außerdem …?«

»Warum sollte seine Autorität darunter leiden? Im Gegenteil. In der Öffentlichkeit witzelte man zwar darüber, die Männer voll Neid, voller Kitzel die Weiber.«

»Auch die verheirateten?«

»Das sind die schlimmsten. Die kriegten doch alle Schwanzaugen, wenn sie ihn bloß anguckten.«

Kant sind jetzt Schlenkrichs Äußerungen verständlich. Vermutlich hat Strabernack auch dem Wachtmeister Hörner aufgesetzt. So taucht nun ein ganz anderes Motiv für den Mord aus dem Dunkel. Es ist aus Schlenkrichs Augen abzulesen: Haß auf den Platzhirsch Strabernack. Haß und Neid – eine explosive Mischung. In wievielen Männern dieses Dorfes mag sich dieser Sprengstoff angehäuft haben. Wieviele Männer werden wir allein in diesem Ort auf ihr Alibi überprüfen müssen?

»Zurück zu Ihren Maßnahmen nach der Vermißtenanzeige. Was wurde unternommen, um Strabernack zu finden?«

»Das Übliche, Herr Kommissar. Befragungen im gesamten Umfeld. Die Frau, die Mitarbeiter, Nachbarn, seine letzte – na sagen wir mal, seine letzte Freundin. Papiere durchstöbert, zu Hause und im Betrieb, nach irgendwelchen Indizien für sein Verschwinden. Oder für Selbstmord – obwohl niemand so recht an einen Selbstmord glauben wollte. Dazu war er viel zu lebenshungrig. Trotzdem haben wir auch im Park und in den umliegenden Wäldern gesucht, ob er da vielleicht an einem Baum hing. Ja … jedenfalls wußten wir schließlich nur eines genau: wie er die letzten Stunden vor seinem Verschwinden verbracht hatte.«

»Das wüßte ich auch gern.«

»Es war an jenem Freitagabend, hier im GRÜNEN HERZ. Dort drüben, sehen Sie, am Stammtisch. Strabernack hat hier oft Freitag abend Skat gespielt. Auch an dem bewußten Abend. Er hat geskatet und ist danach heimgegangen. Aber nie zu Hause angekommen. Wie vom Erdboden verschluckt – und das wortwörtlich.«

»Na, na! Wie vom Erdboden verschluckt!« Wirrwa ermahnt den Wachtmeister zu sprachlicher Ordnung. »Wortwörtlich doch wohl überhaupt nicht!« Wirrwa wird dieser zuchtlos redende Mensch allmählich unsympathisch.

»So war jedenfalls unser Eindruck«, verteidigt sich

Schlenkrich. »Wir haben uns bemüht, seinen Heimweg vom GRÜNEN HERZ aus zu verfolgen. Sogar mit Spürhund. Aber nach acht Tagen auf der asphaltierten Dorfstraße eine Spur zu finden, nee, da kam nichts bei heraus. Schließlich wurde Strabernack in der Zentralen Vermißtenkartei gespeichert.«

»Das hört sich alles ganz betriebsam an«, wirft Wirrwa ein. »Aber bisher haben Sie uns immer noch nicht erklärt, warum Sie nicht auch die Kalkgrube untersucht haben!«

Schlenkrich hat diese Frage befürchtet. Und er weiß keine einleuchtende Antwort. »Ich vermute«, erwidert er schließlich, daß wir – vielleicht, weil sie zugedeckt war. Und dann logischerweise ...«

Er bricht hilflos ab.

»Was logischerweise?« Wirrwa läßt nicht locker. »Logischerweise könnte dann doch gerade dort ein Mordopfer versteckt worden sein!«

Schlenkrich ärgert sich über die Einmischung eines Gleichgestellten.

Er wendet sich demonstrativ Kant zu, als erwarte er von ihm Verständnis: »Nach Lage der Dinge haben wir eigentlich nie an ein Verbrechen geglaubt, weder Frau Strabernack noch wir.«

»Und was heißt nach Lage der Dinge?« fragt Wirrwa scharf.

Schlenkrich verkrampft sich. »Es heißt, daß wir an eine neue Weibergeschichte dachten. Die ihn diesmal länger als sonst irgendwo festhielt.«

»Länger? Inzwischen vergingen zwei Wochen!« Wirrwa steigert sich in inquisitorische Strenge. Kant dämpft mit einer Handbewegung seinen Eifer.

Schlenkrich fühlt sich in die Enge getrieben. Er zuckt hilflos mit den Schultern. »Wir glaubten eben, irgendwann wird er schon wieder auftauchen.«

»Glaubten Sie«, wiederholt Kant. Seine Stimme klingt freundlich. Schlenkrich ist erleichtert. »Ja, Herr Kommissar.«

»Oder wollten Sie vielleicht Strabernack gar nicht finden? Waren Sie froh, daß er verschwunden blieb?«

Erneut drängt sich dunkle Röte in Schlenkrichs Gesicht.

»Was meinen Sie damit, Herr Kommissar?« fragt er heiser.

»War nicht mancher Mann im Dorf froh, daß der Platzhirsch endlich den Platz geräumt hatte?«

Schlenkrich verbirgt sein Gesicht in den Händen. »Es kann schon sein«, murmelt er. Dann hebt er den Kopf und blickt Kant fest an. »Ich weiß, was Sie jetzt denken, Herr Kommissar. Aber Strabernack war ein egoistisches Schwein, das immer zum richtigen Futtertrog fand und alle andern beiseite stieß.«

Kant seufzt. Es steht ihm nicht zu, über Schlenkrichs Zornausbruch zu richten. Für die schlampige Nachforschung wird er sich vor Hollergschwandtner rechtfertigen müssen. Wir aber werden jetzt die unzulänglichen Ermittlungen dieses Polizeipostens Schritt für Schritt überprüfen. Wie vom Erdboden verschluckt – nichts als eine faule Ausrede!

»Bringen Sie uns zu Frau Strabernack«, verlangt Kant. »Inzwischen erkundigen Sie sich bei der AGRAR, wann die Kalkgrube aufgefüllt worden ist.«

Das also ist Frau Strabernack: ein nach Mottenkugeln riechendes schwarzes Kostüm ohne Inhalt. Ein Gesicht, das man Minuten später schon wieder vergessen hat. Flach, von fahlblonden Löckchen umrahmt. Mundwinkel schmerzlich gesenkt. Gerötete Wangen durch zu trockene Haut.

Sie weiß höchstens seit ein, zwei Stunden, daß ihr Mann tot

ist. Und hat sich bereits in Trauerkleidung geworfen. Die fast wimpernlosen Augen schimmern feucht.

Frau Strabernack rückt mit fahriger Hand zwei Ledersessel am Klubtisch zurecht und nimmt Kant und Wirrwa gegenüber auf der Ledercouch Platz.

Das Wohnzimmer ist kostspielig, aber konventionell eingerichtet. Die Ledergarnitur und der Klubtisch aus Marmor, der Kristalleuchter an der zu niedrigen Decke, die Westminsteruhr, die türkischen Teppiche und Brücken verraten vergangenen und gegenwärtigen Wohlstand. Neben zwei kitschigen Ölgemälden mit Gebirgsmotiven überrascht der Farbdruck des Goethebildes von Stieler. Der alte Goethe richtet mit resigniertem Lächeln seine Adleraugen in unendliche Ferne.

Frau Strabernack ist Kants Blick gefolgt. »Leo hat Goethe sehr verehrt,« sagt sie leise. »Er hat gern aus dem FAUST zitiert.« Sie verstummt wieder, als habe sie unüberlegt ein Geheimnis verraten. Dann fragt sie, ob man schon irgendeinen Verdacht habe. Kant stellt die Gegenfrage. Ob Frau Strabernack vielleicht eine Vermutung habe, wer ihren Mann getötet haben könnte.

Erneutes Seufzen, einige einsame Tränen. Schließlich antwortet sie: »Bei Gott, Herr Kommissar, da käme mancher in Frage.« Und düster wiederholt sie: »So mancher.«

»Und wer, Frau Strabernack?«

Sie schüttelt den Kopf. »Ich will niemanden da hineinziehen. Verstehen Sie? Nicht aus Mitleid mit dem Täter. Sondern mit meinem Mann. Wenn sich Leo Feinde gemacht hat, dann war das immer seine Schuld. Er war zu ungeduldig, zu unbeherrscht. Weil er sehr stolz war. Wollen Sie wissen, woher sein Stolz kam? Er hat sich oft damit gebrüstet. Er war klein und schwächlich von Natur aus. Als Kind sah man ihm alles nach, weil er so zart und anfällig war. Das hat er schnell begriffen, und bald hatte er kraft seiner Schwäche Eltern und Geschwister fest im Griff. So habe ich kommandieren gelernt, sagte er, und als ich merkte, daß ich damit durchkam, wurde es mir zur zweiten Natur. Ja, so war das mit meinem Leo. Die Menschen brauchen Kommandeure, das war seine Überzeugung, und er hat recht behalten. Sie haben sich willig untergeordnet.«

»Und Sie wohl auch, Frau Strabernack.«

»Nicht ungern. Sonst hätte ich ihn wohl längst verlassen.«

»Wie lange waren Sie verheiratet?«

»Wir hätten im nächsten Jahr Silberhochzeit gehabt.«

»Und in diesen vierundzwanzig Jahren haben Sie nie daran gedacht, sich von ihm zu trennen?«

Seufzen. Ein Blick aus wimpernlosen Augen. »Wenn Sie so fragen, Herr Kommissar, kennen Sie wohl auch schon die Antwort.«

»Ich hätte gern Ihre Antwort.«

»Sie wissen es doch inzwischen längst, daß Leo oft fremdgegangen ist.«

»Was Sie ihm immer wieder verziehen haben?«

»Ich hatte nicht die Kraft, ihn zu ändern.«

»Wußten Sie, mit wem Ihr Mann intime Beziehungen hatte?«

»Manchmal habe ich mir gewünscht, es nicht zu wissen. Aber Leo war stolz darauf, keine Geheimnisse vor mir zu haben. Ich wußte von jeder. Seine treuherzige Offenheit hat mich manchmal mehr gekränkt, als wenn er es heimlich getrieben hätte.«

»Waren es flüchtige Beziehungen? Oder waren sie von längerer Dauer?«

»Manchmal kurze Abenteuer, manchmal ging es über Jahre.«

»Wir brauchen für unsere Ermittlung Namen. Fürchten Sie nicht, damit jemanden hineinzuziehen. Wenn wir von Ihnen nichts erfahren, erfahren wir es von andern. Was Ihnen sicherlich nicht so angenehm wäre.«

Sie öffnet zwei Knöpfe ihrer Kostümjacke, als brauche sie mehr Luft zum Atmen. »Zuletzt hatte er Frau Drunkemölle.«

Wirrwa läßt sich den Namen buchstabieren und notiert ihn.

»Frau Drunkemölle ist die Frau des Finanzbuchhalters der AGRAR. Vor einem Vierteljahr war er mit ihr einige Tage nach Bayern verreist. Vorher war er mit der Meerapfel zusammen, die die Wäscherei SAUBER-ZAUBER oben in Vogelsang hat. Mit der hat es so an die zwei Jahre gedauert. Davor: die Sache mit Frau Schlenkrich. Herr Schlenkrich war damals der ABV hier. Und davor? Ja, die Buchhalterin von der LPG. Die ist dann gegangen, als es aus war. Da kam dann der Herr Drunkemölle als Nachfolger, und Leo hat mit dessen Frau ... Es ist alles ein bißchen verworren für Sie, nicht wahr?«

»Reichlich verworren.« Das kann Wirrwa nur bestätigen. Wirrwa haßt Wirrnis. Deshalb stellt er eine Frage, die so gar nichts mit dem Fall zu tun hat. Die Antwort soll ihm helfen, der Unordnung einigermaßen Herr zu werden. »Eine Frau nach der andern – wie hat das Herr Strabernack verkraftet? Ich meine, er mußte sich doch jedesmal auf eine andere – also eine andere einstellen?«

Kant unterdrückt ein Lächeln. Der Junge ist von rührender Naivität. Aber Frau Strabernack scheint es nicht so zu empfinden. Im Gegenteil, irgendwie scheint sie glücklich zu sein, die Jahre der Demütigung hinter sich zu haben und mit wohlmeinenden fremden Leuten darüber sprechen zu können.

Sie antwortet, das habe sie sich auch manchmal gefragt.

Und einmal habe sie es sogar fertiggebracht, auch ihrem Mann diese Frage zu stellen.

»Und?« fragt Wirrwa gespannt.

»Leo sagte, ich halte es mit Goethes FAUST.«

»Faust und Gretchen? Du lieber Himmel!« ruft Wirrwa.

»Nein, nicht Gretchen. Helena.«

»Helena?« Wirrwa blickt verständnislos. »Gemeint ist die schöne Helena«, erklärt Kant. »Fausts Liebesidol. Mephisto verspricht dem alkoholisierten Faust: ›Du siehst, mit diesem Trank im Leibe, bald Helenen in jedem Weibe.‹ Modern gesagt, Wirrwa: Herrn Strabernacks Hormonspiegel versetzte ihn in die Lage, jegliche Frau für begehrenswert zu halten.«

Frau Strabernack seufzt. »So hat er es mir auch erklärt.«

»Nur erklärt das noch nicht«, sagt Wirrwa, »was all diese Frauen an Strabernack fanden.«

»Ganz einfach«, erwidert der Kommissar. »Weil sie für ihn begehrenswert waren, war er es auch für sie.«

»So einfach sehen Sie das?«

»So einfach ist es.«

Kant wendet sich an Frau Strabernack. »Entschuldigen Sie bitte.«

»Schon recht«, sagt die Witwe. »So muß es wohl gewesen sein. Er konnte nichts dafür. Es waren wohl die Hormone.«

Der Hurenbock, Hobelhengst, Schlitzbulle. Wie hat diese Frau das all die Jahre ertragen? fragt sich Kant. »Frau Strabernack, haben Sie jemals versucht, sich von Ihrem Mann zu trennen?«

Mehrere Seufzer. Dann schüttelt sie den Kopf. »Eigentlich nicht.«

Also eigentlich doch.

»Haben Sie ihn immer noch geliebt?«

»Das auch.«

»Was noch?«

»Zuerst glaubte ich, das gibt sich alles. Wie man so sagt: Er wird sich schon noch die Hörner abstoßen.«

»Zuerst – wann war das?«

»Am Anfang unserer Ehe. Gleich nach der Geburt unseres ersten Kindes. Als er mit der Hebamme … Also da hoffte ich eben …«

Frau Strabernack steht, nein, sie springt plötzlich auf, geht zur barockimitierten Kommode und holt sich eine Schachtel Zigaretten, reißt sie ungeduldig auf, zieht ein Stäbchen heraus. Dabei fallen zwei andere zur Erde, sie bückt sich, hebt sie auf, stopft sie in die Schachtel zurück, entzündet die Zigarette und nimmt hastig einige tiefe Züge. Kant verfolgt betroffen diesen jähen Stimmungsumschwung.

»Aber ich hoffte vergeblich.« Frau Strabernack schluchzt und verfällt in Schweigen. Kant wartet, schließlich fährt sie fort: »Dann kamen das zweite und dritte Kind. Da hatte ich nicht mehr den Mumm, mich von Leo zu trennen. Er hat uns ja auch nicht eigentlich vernachlässigt. Er kümmerte sich um die Kinder, geizte nie mit Blumen, und wenn er aus Berlin von der Sitzung des Zentralvorstandes heimkam, brachte er mir immer ein kleines Geschenk mit. Er sorgte dafür, daß ich ein Fernstudium für Pflanzenzucht machte und eine gute Stellung in der Genossenschaft bekam. Und die auch bis heute behielt. So sind die Jahre vergangen wie nichts. Alles blieb wie am Anfang. Vielleicht bin ich auch einfach zu bequem gewesen, um das Risiko einer Trennung auf mich zu nehmen.«

Sie drückt die Zigarette aus und starrt vor sich hin. Und fügt hinzu: »Jetzt, wo Leo tot ist und ich keinen Rückhalt mehr habe, wird mich die AGRAR wohl auch vor die Tür setzen.«

Sie seufzt und blickt zu Goethe empor. Der lächelt resigniert.

»So ein romantisches Dorf«, sagt Wirrwa, als sie in den Wagen steigen. »Und solch ein Sumpf.«

»Ein Sumpf zieht am Gebirge hin«, sagt Kant.

»FAUST zwei«, erwidert Wirrwa stolz. Er setzt sich auf den Beifahrersitz. »Übrigens ist meine Liste gehörnter Ehemänner absolut unvollständig, wenn man die Gesamtzahl von Strabernacks Liebschaften bedenkt. Ich habe nur zwei Namen, Schlenkrich und Drunkemölle.«

»Es sind die letzten. Schwer vorstellbar, daß einer noch nach fünf, sechs Jahren eine verspätete Rache vollzieht. Aber haben Sie schon einmal daran gedacht, daß sich auch eine der abgelegten Geliebten an Strabernack gerächt haben könnte?«

»Heilige Jungfrau«, ruft Wirrwa, »welch ungeahnte Variante! Das müßte ja eine wahre Amazone an Kraft und Leidenschaft sein.«

Kant startet. »Zu Schlenkrich!«

Schlenkrich hat sich inzwischen in der AGRAR genauere Kenntnis über den Fundort des Toten verschafft. Die Kalkgrube besteht seit etwa drei Jahrzehnten. Ursprünglich war sie am Ende des Stillen Tals angelegt worden, weil dort gebaut werden sollte. Strabernack, der alle hektischen Neuerungen in der DDR ebenso hektisch aufgriff und sich dadurch bei den maßgeblichen Leuten beliebt machte, wollte in den Weidegründen des Stillen Tals einen Rinderoffenstall errichten. Aber als sich dann die Genossenschaft auf Pflanzenbau spezialisierte, war diese Stallanlage hinfällig geworden. Die Grube wurde mit Brettern zugedeckt, der bereits eingefüllte Kalk verrottete und versickerte allmählich im Lauf der Jahrzehnte. Strabernacks Genossenschaft nahm von der benachbarten Viehzucht-LPG jährlich etwa hundert Färsen zur Aufzucht in Vertrag. Um die moorige Weidefläche im Stillen Tal zu verbessern, wurde sie melioriert. Nun, nach der Wende, erhoffte sich Strabernack für die AGRAR eine neue Einnahmequelle. Die Viehzucht-LPG hatte sich aufgelöst, das Weideland wurde nicht mehr gebraucht. Strabernack wollte darauf, am Waldrand, Ferienhäuser oder einen Freizeitpark bauen. Dafür hatte er sogar einen französischen Investor gefunden.

»Einen französischen?«

»Die AGRAR kauft Lämmer und Schafe auf und verkauft sie nach Frankreich.«

»Erstaunlich für eine frühere LPG.«

»Nicht, wenn Sie Strabernacks Organisationstalent gekannt hätten. Es hieß, der macht aus Dreck noch Geld.«

So war also ein neues Bauvorhaben im Stillen Tal vorgesehen und vorsorglich auch eine Ladung Kalk angefahren worden. Und zwar an jenem zehnten April, an dem Strabernack verschwand. An jenem Freitag wurde die Grube erneut gefüllt, der Kalk gelöscht und die Grube wieder mit den alten bemoosten Brettern zugedeckt. Die Verfestigung des gelöschten Kalks, fügt Schlenkrich hinzu, vollzieht sich nicht sofort. Erst wenn sich das Wasser völlig mit dem Brandkalk verbunden hat, erstarrt er zu einer teigartigen und schließlich ziemlich festen Masse. Während dieses Erstarrungsprozesses muß Strabernack in die Grube versenkt worden sein, wahrscheinlich noch in derselben Nacht.

Kant nimmt das ebenfalls an. Sicherlich wird der Obduktionsbefund diese Vermutung bestätigen und hoffentlich die Todeszeit noch etwas genauer bestimmen.

»In welche Richtung geht Ihr Verdacht, Herr Kommissar? Haben Sie schon Verdächtige?«

»Vielleicht fangen wir damit an – wenn wir die genaue Todesstunde wissen –, zuerst Ihr Alibi zu überprüfen, Wachtmeister.«

Schlenkrich steht schwerfällig auf. Er tritt ans Fenster, blickt hinaus und sagt schließlich, ohne sich umzuwenden: »Sie wissen es also.« Er verharrt eine Weile reglos, dann kehrt er an den Tisch zurück. »Ich erfuhr es erst, als es längst schon vorbei war. Gudrun hat es mir selbst gestanden. Sie mußte es mir beichten. Sie war ganz krank, als Strabernack sie abschob und die Meerapfel aufriß. Gudrun mußte sich's einfach von der Seele reden.«

»Wie haben Sie darauf reagiert?«

»Ich hab zehn Kilo zugenommen. Kummerspeck.«

»Sie haben Strabernack also nicht zur Rede gestellt? Den Haß in sich hineingefressen?«

»So was muß jeder Mann mit sich selber ausmachen. Das ist jetzt drei Jahre her. Meine Frau hat bereut. Ich hab ihr verziehen. Aber Sie werden verstehen, daß ich dem Platzhirsch nicht nachtrauere.« Wieder hat brennende Röte Schlenkrichs Gesicht überzogen.

»Aber Sie verdächtigen mich doch nicht im Ernst, Herr Kommissar? Damals, in der ersten Wut, hätte ich Strabernack umbringen können. Aber nach drei Jahren? Ich habe wieder mein Normalgewicht. Es ist sozusagen Frieden in mir eingekehrt.«

Die schwülstige Beteuerung macht Kant mißtrauisch. Erborgte Sprache aus Groschenromanen. Vor Stunden hatte er Strabernack noch mit vulgären Schimpfworten charakterisiert.

»Sie behaupten also, Wachtmeister, Haß und Rachegelüste flauen nach Jahren ab.«

»Bei mir jedenfalls.«

»Aber wenn Sie vom Verhältnis Ihrer Frau erfahren hätten, als es noch, sagen wir, in voller Blüte stand?«

»Hab ich doch erklärt – da wäre Strabernack nicht ungeschoren davongekommen.«

»Ob auch Herr Drunkemölle so gedacht hat, was meinen Sie?«

»Drunkemölle? Seine Frau war Strabernacks letzte Flamme.«

»Wußte es Drunkemölle?«

»Das wußte jeder. Und Drunkemölle wußte es auch.«

»Und wie hat er darauf reagiert?«

»Da müssen Sie ihn schon selber fragen, Herr Kommissar. Anscheinend nimmt er es ganz locker. Nach außen jedenfalls. Wie's drinnen aussieht ...«

Kant möchte wissen, was bisher in der Vermißtensache Strabernack ermittelt worden ist.

Schlenkrich überreicht Kant einen dünnen Schnellhefter. Den Blick zu Boden gerichtet, erklärt er, aus bekannten und vorhin schon erörterten Gründen habe er die Nachforschungen über den Vermißten nicht mit dem nötigen Nachdruck betrieben. Er habe sich mit dem mageren Ergebnis zufriedengegeben. Das müsse er nun verantworten. Er bedaure seinen Fehler und werde sich jetzt mit allen Kräften an der Aufklärung beteiligen.

Wirrwa blickt wütend auf den sich zögerlich anklagenden Wachtmeister. Schlenkrichs Schlamperei stellt das Ordnungsgefüge von Wirrwarrs Welt in Frage. Wird jemand vermißt, ist niemals ein Verbrechen auszuschließen. Schlenkrich hat aus persönlichen Gründen diese Möglichkeit nicht verfolgt. Und der Kommissar scheint das auch noch kommentarlos hinzunehmen.

Tatsächlich will Kant Schlenkrichs Unterlassungssünde

jetzt nicht kritisieren. Er erinnert sich an einen Fall, der kürzlich in einer sächsischen Stadt für Unruhe gesorgt hatte. Ein hoher Gewerkschaftsfunktionär, der aus dem Rheinland gekommen war, wurde vermißt. Man fand seinen Wagen mit offener Tür an einem einsamen Weg. Vom Fahrer keine Spur. Unter dem Druck von Presse und Öffentlichkeit tagelang vergebliche Suche. Nach einer Woche schließlich wurde die Leiche in einem Gebüsch, nur hundert Meter vom verlassenen Wagen entfernt, gefunden. Nachlässigkeit, Unfähigkeit – wer weiß das?

Schlenkrich und seine Mitarbeiter haben bisher Folgendes ermittelt: An jenem Freitag wurde Strabernack zum letzten Mal gesehen. Freitags kam Strabernack oft ins GRÜNE HERZ, wo er mit seinem Stellvertreter Schnipkoweit und dem Bürgermeister Skat spielte. Der Stammtisch steht neben der Theke. Manchmal setzt sich auch der Tierarzt aus dem Nachbarort mit dazu. Auch der Pastor zeigt sich volkstümlich und mischt mit. An jenem Freitag abend trafen Strabernack, Schnipkoweit und der Bürgermeister gegen zwanzig Uhr am Stammtisch zusammen und stimmten sich mit Pils und Korn auf das Spiel ein. Da Strabernack während des Spiels gewöhnlich allerhand Alkohol zu sich nahm, kam er stets zu Fuß in die Gaststätte. Wegen starker Trunkenheit am Steuer war ihm schon einmal der Führerschein entzogen worden. Vor Beginn des Spiels aß Strabernack eine Portion Sülze mit Essig, Öl und Zwiebeln. Gegen einundzwanzig Uhr erschien der Tierarzt und beteiligte sich vorübergehend am Spiel. Etwa um halb zehn ereignete sich ein Zwischenfall. Anfangs maß man ihm keine Bedeutung zu, weil solche Streitereien in einer Gaststätte nicht ungewöhnlich sind. Der Traktorist Kynsburg, genauer, der ehemalige Traktorist und nun arbeitslose Kynsburg, befand sich mit seiner Frau ebenfalls in der Gaststube, nahe dem Stammtisch. Kynsburg war bereits angetrunken, als Strabernack im Lokal erschien. Der AGRAR-Chef war für den stiernackigen Kynsburg so etwas wie ein rotes Tuch. Denn Strabernack hatte Kynsburg, der ein erfahrener Traktorist war, wegen fortgesetzter Trunkenheit bei der Arbeit fristlos entlassen. Der Personalrat hatte Kynsburgs Widerspruch zurückgewiesen und der Kündigung zugestimmt. Schon als sich Strabernack an den Stammtisch setzte, begann ihn der angeheiterte Kynsburg halblaut zu beschimpfen. Bazi und Kanake waren noch die harmlosesten Wörter, Gartenzwerg und gescherter Rammel gingen fast an die Grenze des Erträglichen. Sich aber die »rotschwarze Socke« anzuziehen, dazu war Strabernack nicht mehr bereit. Er erhob sich ruhig, in der Hand noch das gefüllte Gläschen Doppelkorn, trat vor Kynsburg und kippte ihm den Schnaps mitten ins Gesicht. »Das geht auf meine Kosten, Schnapsdrossel!« sagte er, kehrte an den Stammtisch zurück und nahm die Karten wieder auf. Kynsburg hatte wütend aufgeschrien und war, sich die brennenden Augen reibend, aufgesprungen. Er taumelte auf Strabernack zu. Aber seine Frau, die ebenfalls nicht mehr nüchtern war, nahm ihn beim Arm und zog ihn mit sich fort. Kynsburg suchte sich einen guten Abgang zu sichern, indem er rief, er werde es Strabernack noch heimzahlen. Die Gäste hatten teils gleichgültig, teils mit höhnischen Bemerkungen die Szene mitverfolgt, ohne sich sonderlich für einen der beiden Kampfhähne zu engagieren. Kurz vor zweiundzwanzig Uhr, nach Beendigung einer Partie, erhob sich Strabernack abrupt wie immer. Dabei sagte er, er müsse zu seinem Engel, bevor ihr Mann heimkomme. Seine Mitspieler wußten, daß er damit Gabi Drunkemölle meinte. Ihr Mann besuchte stets am Freitag abend einen Fortbildungskurs in der Kreisstadt. Strabernack zahlte und verließ das Lokal. An diesem Abend hatte er sechs doppelte Korn und drei halbe Liter Bier zu sich genommen. Er ging durch die Tür mit den vorsichtigen Schritten eines Angesäuselten.

»Und dann?« fragt Kant. »Hat er seinen Engel noch aufgesucht?«

»Ja, Herr Kommissar.«

Strabernack ist etwa eine halbe Stunde bei Gabi Drunkemölle geblieben. Sie haben zusammen zwei oder drei Eierlikör getrunken. Dann hat sich Strabernack auf den Heimweg begeben, denn kurz nach halb elf kam Drunkemölle stets aus der Kreisstadt nach Hause. Strabernack ist die Dorfstraße weitergegangen, wahrscheinlich auf direktem Wege. Er hätte noch ungefähr zehn Minuten gebraucht, ist aber daheim nie angekommen. »Verstehen Sie jetzt, Herr Kommissar, was ich sagte? Wie vom Erdboden verschluckt.«

»Es hat ihn niemand mehr gesehen?«

»Niemand. Jedenfalls kann sich niemand daran erinnern.«

»Sind Sie sicher?«

»Wir hatten einen Aufruf in der lokalen Presse veröffentlicht. Niemand hat ihn gesehen.«

»Außer dem Mörder. Ist die Dorfstraße nachts so einsam?«

»Nicht unbedingt. Aber Abendröte ist ein sehr langgestrecktes Straßendorf. Da gibt es schon einsame Abschnitte, manchmal hundert Meter und mehr kein Haus, kein Gehöft.«

»Gut, Wachtmeister. Ich erwarte heute abend noch einen vorläufigen Befund des Gerichtsmediziners. Todesart und Todeszeit sind jetzt am wichtigsten. Ich bin ziemlich sicher, daß wir morgen früh wieder hier sein werden. Benachrichtigen Sie Strabernacks Stellvertreter, diesen ...«

»Schnipkoweit.«

»Schnipkoweit und das Ehepaar Drunkemölle. Und den

Traktoristen Kynsburg. Sie sollen sich für eine Vernehmung bereithalten.«

Das Telefongespräch mit Dr. Walthari erschreckt Kant mehr, als er ohnehin befürchtet hatte. Der vorläufige medizinische Befund läßt einen recht abscheulichen Tathergang erahnen. Strabernack hat, vermutlich mit einem stumpfen Gegenstand, einen Schlag auf den Kopf erhalten. Die Schädel-Hirnverletzung führte zu einer epiduralen Blutung. Er verlor das Bewußtsein und wurde in wahrscheinlich noch bewußtlosem Zustand kopfüber in die Kalkgrube geschoben. Infolge Einatmung von Kalkbrei ist er erstickt.

Kant sieht es vor sich: Der bewußtlose Körper sinkt langsam tiefer in sein weißes Grab. Mund, Nase, Luftröhre und Bronchien füllen sich mit der ätzenden Masse, die schließlich den gesamten Atemweg zumauerte. Ein gespenstisches Bild.

Dr. Walthari äußert sich auch noch zur Todeszeit. Die Analyse des Mageninhalts ergab, daß der Tod reichlich drei Stunden nach Einnahme der letzten Mahlzeit erfolgt ist.

»Läßt sich etwas über das Tatwerkzeug sagen, Doktor?«

»Vermutlich eine Flasche. Eine gefüllte Flasche.«

»Führte der Schlag zu einer stärkeren Blutung?«

»Sie würden vergeblich am Tatort – den wir ja noch nicht einmal kennen – nach Blutspuren suchen. Epidurale Hämatome sind, vereinfacht gesagt, Blutungen unter der Schädeldecke. Ich möchte noch hinzufügen, daß der Leichnam wie mumifiziert wirkt. Durch den Kalk hochgradig ausgetrocknet, Sie haben es ja selbst gesehen. Sonst noch Fragen, Herr Kant?«

»Zur Zeit nicht. Ich bedanke mich, Doktor, und melde mich wieder.«

Dieses Bild: die Leiche im Kalk. Wenn man nur dieses Bild aus der Vorstellung verbannen könnte. Das Opfer ist in Umrissen bekannt. Wer aber ist der Täter? Wer schlägt einen Menschen bewußtlos und versenkt ihn noch lebend in einer Kalkgrube? Bezeichnet das Opfer auf solche Art seinen Mörder?

Kant stellt nicht nur sich diese Frage. Er stellt sie an diesem Abend auch seiner Frau.

»Deine Frage«, erwidert Georgia, »sagt mir schon, daß du mehr dahinter vermutest als eine dieser üblichen Arten, eine Mordleiche zu verbergen. Denkst du an einen symbolischen Akt?«

»Ich dachte schon einmal an einen Geisteskranken. Das schlösse dann aber jede symbolische Absicht aus.«

»Und wenn der Täter nicht wußte, daß sein Opfer nach dem Schlag noch lebte? Wenn er einfach nur die Leiche gut verstecken wollte? Das wäre doch die einfachste Erklärung!«

»Ja, wir greifen nur zu gern zur einfachsten Lösung. Einfache Erklärungen beruhigen ungemein. Denn dann brauchen wir uns nicht mehr mit dem Absonderlichen zu beschäftigen.«

»Ich stelle doch gar nicht in Abrede, daß mich dieses Verbrechen ebenfalls sehr beunruhigt. Es hat etwas Archetypisches an sich.«

»Was meinst du damit, Georgia?«

»Bestimmte bildhafte Muster von Situationen und Vorgängen wiederholen sich in der ganzen Menschheitsgeschichte. Als Ausdruck unbewußter Motive. Diese Kalkgrube: ein verdeckter dunkler Raum, einer Höhle vergleichbar. Die Höhle als Anfang und Ende des Lebens. Gleicht die Gebärmutter nicht einer dunklen Höhle? Waren die vorzeitlichen Gräber nicht Höhlengräber? Die Pyramiden gigantische Grabhöhlen.

Christi Grab, eine in einen Fels gehauene Höhle. Der Massenmord an Geiseln im letzten Weltkrieg in einer italienischen Höhle. Und zwei deiner eigenen Fälle, an die ich dich erinnere. Der Selbstmord eines Bergsteigers in einer Höhle des Elbsandsteingebirges. Und der Selbstmord des Schichtmeisters, der sich in einem ölgefüllten Tankkessel ertränkte. Geburt, Tod, Selbstmord, Mord. Die Höhle hat etwas Geheimnisvolles, Mythologisches an sich. Ein Urbild vom Anfang und Ende unserer gefährdeten Existenz.«

»Das klingt alles sehr faszinierend«, räumt Kant ein. »Wie ein Stück Literatur. Aber was bringt es mir außer der vagen Vermutung, daß hier Irrationales im Spiel sein könnte? Ich muß dich direkt fragen: Was sagt deine Höhlen-Expertise über den Mörder aus?«

»Ich weiß es nicht, Harry. Du hast gefragt, und ich habe eine mögliche Antwort gesucht.«

Sonntag, 10. Mai 1992

Die Wolken jagen so niedrig vorüber, daß man glaubt, sie greifen zu können. Der Regen trommelt aufs Wagendach. Eintönig surrt der Scheibenwischer.

Kant hat, bevor er Wirrwa abholte, noch einen Ermittlungsplan für heute skizziert. Während der Fahrt nach Abendröte-Vogelsang macht er Wirrwa mit Dr. Waltharis Befund vertraut. Aber er verschweigt ihm die weitläufigen Vermutungen, die Georgia und ihn in der letzten Nacht beschäftigt haben. »Wenn Strabernack etwa um halb neun seine letzte Mahlzeit eingenommen hat, ist sein Tod so gegen halb zwölf erfolgt. Kurz nach halb elf hat er Gabi Drunkemölle verlassen. Sollte die Drunkemölle das bestätigen, begrenzt sich der Zeitraum unserer Recherchen also auf die Vorgänge zwischen halb elf und halb zwölf. Sie nahmen auf der nächtlichen Dorfstraße ihren Ausgang. Hierfür haben wir bisher keine Zeugen. Wissen aber nicht, ob es tatsächlich keine Zeugen gibt oder ob ein Zeuge, aus welchen Gründen auch immer, schweigt. Schlenkrich muß die Bevölkerung gezielt befragen, vor allem die Leute, die an dem betreffenden Straßenabschnitt wohnen. Wir werden inzwischen Personen vernehmen, die ein Motiv für den Mord haben könnten.«

Schnipkoweit erwartet die Kriminalisten im Zimmer des toten Direktors. Hier hatte Kant im vergangenen Jahr Strabernack über Knopf befragt. Schnipkoweit gleicht einer Gegenfigur Strabernacks. Anders als der schmächtige, windige Strabernack wirkt er wie eine in sich ruhende Kugel. Der Bierbauch hängt schwabblig über den eng geschnürten Gürtel herab. Die Glatze glänzt rosig. Sein fortwährendes Lächeln läßt Kant an das Grinsen eines Mondlampions denken. Schnipkoweit ist Agrartechniker und seit mehr als einem Jahrzehnt Strabernacks Stellvertreter, schon damals in der LPG und heute in der AGRAR Gesellschaft. Mit einigem Stolz betont er, daß die ehemalige LPG JOHANN WOLFGANG GOETHE den Übergang in die Marktwirtschaft gemeistert habe.

»GOETHE-LPG?« fragt Kant belustigt. »Das war ja ein sehr anspruchsvoller Name. Etwa ein Einfall von Strabernack?«

»Was sonst? Nur er hatte so verrückte Ideen. Goethe hat irgendwann auf einer Reise nach Nordböhmen im Pfarrhaus Abendröte übernachtet. Sie finden dort sogar noch eine Gedenktafel. Die Genossenschaft wollte sich damals den

Namen THOMAS MÜNTZER geben. Aber Strabernack hat die Leute so lange agitiert, bis er sich mit seinem Vorschlag durchsetzte. Ich hab ja wirklich nichts gegen den Klassiker. Aber wenn er einem bei jeder passenden und unpassenden Gelegenheit serviert wird, dann kriegt man ihn satt bis obenhin. Und immer dieselben Zeilen.« Er doziert grinsend, mit erhobenem Zeigefinger: »›Das ist der Weisheit letzter Schluß: Nur der verdient sich Freiheit wie das Leben, der täglich sie erobern muß.‹« Schnipkoweit kann sich nun selber Goethe nicht mehr verweigern. Goethe reißt ihn einfach mit sich fort: »›Ein Sumpf zieht am Gebirge hin, verpestet alles schon Errungene. Den faulen Pfuhl auch abzuziehn, das Letzte wär das Höchsterrungene!‹ Dieses Faust-Zitat«, fügt Schnipkoweit hinzu, »war Strabernacks Lieblingsmotto. Hielt Strabernack die Festrede zur Jugendweihe, rief er den Jugendlichen zu: ›Ihr seid berufen, Fausts Erbe anzutreten!‹ Schlug er der Vollversammlung Maßnahmen vor, um die Bodenfruchtbarkeit zu erhöhen, begann er sein Referat mit den Worten: ›Wir, die Genossenschaftsbauern von Abendröte-Vogelsang, schreiben mit den Spuren unserer Traktoren den dritten Teil des FAUST!‹ Stand wieder eine Wahl vor der Tür, schrieb er im Zentralorgan seiner Partei: ›Wählt die Kandidaten der Nationalen Front! Sie allein garantieren, daß sich Fausts Vision erfüllt: Mit freiem Volk auf freiem Grunde stehn!‹« Schnipkoweit lacht gemütlich auf. »Genügt Ihnen das? Man hörte das oben gern. Ein literarisch gebildeter LPG-Vorsitzender, der war rar wie Trüffeln.«

»Ich kann mir nicht vorstellen, daß Strabernacks Ansehen nur darauf beruhte.«

»Natürlich nicht, Herr Kommissar. Leo war ein Organisationsgenie. Er hatte die LPG wirklich zu einer Muster-Genossenschaft entwickelt. Neueste Technik und Wissenschaft, soweit das damals möglich war. Höchste Hektarerträge bei Getreide. Ertragreiche Weidewirtschaft.«

»Sie sagen, Strabernack hat ... Strabernack hat verbessert, organisiert, gesteigert. »

»Ich sage das bewußt. Der Leiter bestimmt die Effektivität eines Betriebes, ob im Sozialismus oder im Kapitalismus. Strabernack war ein Managertyp. Ihm verdanken wir, daß wir auch in der Marktwirtschaft lebensfähig geblieben sind.«

»Welches waren denn seine Führungseigenschaften?«

»Den richtigen Riecher für eine Situation. Eine Aufgabe zäh verfolgen. Aber sich auch an veränderte Verhältnisse anpassen können. Enthusiasmus, Selbstbewußtsein, Überzeugungskraft. Harte Arbeit. Ein Leistungsmensch. Nicht beliebt bei allen, weil er viel forderte und seine Forderungen rücksichtslos durchsetzte. Aber geachtet. Die Genossenschaft war reich und der einzelne auch. Und heute sind wir auch wieder auf dem Weg nach oben. Das hatte Strabernack geschafft.«

»Der ehemalige Traktorist Kynsburg scheint das aber anders zu sehen.«

»Ein Saufkopp.«

»Halten Sie Kynsburg für fähig, sich an Strabernack zu rächen?«

»Im Suff ist dem alles zuzutrauen.«

»Und Strabernacks Liebschaften? Haben die ihm viel Ärger bereitet?«

Das Mondgesicht grinst genießerisch. »Ärger? Nicht daß ich wüßte. Er sorgte halt immer für Gesprächsstoff. Wir haben uns darüber amüsiert.«

»Und die Ehemänner? Haben die sich auch amüsiert?«

Das Grinsen erlischt. Schnipkoweit zuckt mit den Schultern.

»Wie hat zum Beispiel Wachtmeister Schlenkrich reagiert?«

»Wir haben immer gedacht, wenn er dahinterkommt, knallt es. Es hat nicht geknallt.«

»Und Drunkemölle?«

»Der hat mal gesagt: Der Strabernack soll bloß aufpassen, daß ich ihn mal nicht mit einer Wildsau verwechsele – Wissen Sie, der Finanzbuchhalter hat hier auch eine Jagdpacht. Aber irgendwie hatte er wohl die Situation akzeptiert.«

Wirrwa hebt die Hand. »Wollen Sie wirklich behaupten, da ist ein Mann, und sein Chef treibt es mit seiner Frau, und er weiß das und sieht einfach zu? Das muß doch das Betriebsklima vergiften!«

»Na ja, Reibereien kamen schon vor zwischen den beiden. Wenn sich die Gelegenheit ergab, praktizierte der Buchhalter gegen den Chef die Politik der kleinen Nadelstiche. Stellte Projekte vom finanziellen Standpunkt in Frage. Beispielsweise die Melioration. Aber Strabernack hatte schließlich immer den längeren Arm.«

Plötzlich fällt die lachende Maske von Schnipkoweit ab. Sein Gesicht verdüstert sich. »Weiß der Himmel, wie es jetzt weitergehen wird mit unserm Betrieb. Ich bin nicht so agil wie Strabernack. Ich packe das nicht.«

Mondfinsternis, denkt Kant. Der Schatten des kleinen Strabernack ist wirklich riesengroß.

Kynsburg wohnt in einem Auszugshaus mitten im Dorf. Das Gebäude sieht aus wie von Schwären bedeckt. Der Putz löst sich von den Mauern, hinterläßt häßliche Kahlstellen. Die Hundehütte im Hof steht leer. Eine magere Katze hockt vor der Haustür. Gerümpel überall. Die Geranien im Blumenkasten welken vor sich hin. Frau Kynsburg, ein bleichsüchtiges, spitznasiges Wesen, huscht unruhig durch die Küche, stellt unabgewaschenes Geschirr beiseite, räumt schmutzige Wäsche weg, wischt auf dem Tisch Kaffee- und Fettflecken weg. »Setzen Sie sich doch. Er wird gleich kommen. Wollen Sie einen Kaffee?«

Die Vorstellung, hier einen Kaffee zu trinken, läßt Kant schaudern. Er lehnt höflich ab. »Oder möchten Sie einen?« fragt er Wirrwa hinterhältig. Der schüttelt entsetzt den Kopf.

Kynsburg schiebt sich durch die Tür in die Küche herein. Ein Bär von einem Mann. Struppiges Drahthaar hängt ihm ins Gesicht. Er trägt eine rote Trainingshose und ein Unterhemd, das gewiß seit Wochen Sehnsucht nach der Waschmaschine hat. Sein Gesicht ist schlaff und fahl. Kynsburg stützt sich mit der rechten Hand am Türpfosten ab und stiert die Besucher mit glasigem Blick an.

»Was ist?« fragt er mürrisch. Es klingt fast drohend.

»Setzen Sie sich!« erwidert Kant scharf.

»He?« brummt Kynsburg, »He, was soll denn das?«

Die Bleichsüchtige erhebt sich, faßt ihren Mann am Arm und führt ihn zum Tisch. Schwerfällig läßt er sich nieder.

»Er hat wieder getrunken«, sagt die Frau.

»Ein Bier!« befiehlt ihr Kynsburg.

»Ein Wasser!« sagt Kant entschieden. »Bringen Sie ihm ein Wasser!«

Kynsburg murmelt Protest. Die Frau bringt ihm ein Mineralwasser. Kynsburg trinkt gierig gleich aus der Flasche. Die Kohlensäure löst einige saftige Rülpser aus. »Also was ist?« fragt er dann in das Schweigen hinein.

»Sie wissen, Herr Kynsburg, daß Herr Strabernack ermordet worden ist.«

»Die gerechte Strafe«, brummelt Kynsburg.

Kant hält dem Mann die Auseinandersetzung mit Strabernack im GRÜNEN HERZ vor. Er habe Strabernack gedroht. Kurz darauf sei Strabernack getötet worden, vermutlich mit einer Flasche niedergeschlagen. Mit einer Flasche! wiederholt Wirrwa, das gebe zu denken. Angewidert schiebt er eine fast geleerte Wodkaflasche beiseite. Derweil summt Kynsburg vor sich hin. Kant bezweifelt, ob der Mann überhaupt vernehmungsfähig ist.

»Haben Sie uns eigentlich verstanden?«

»Das schon, das schon, Genossen!« Kynsberg grinst.

»Was geschah an jenem Abend, als Sie das GRÜNE HERZ verlassen hatten?«

Kynsburg blickt seine Frau an. »Was geschah denn da, Helga?«

»Gar nichts ist geschehen«, erklärt Helga. »Gar nichts. Nach Hause sind wir gegangen. Wenn man das gehen nennen kann. Halb geschleppt hab ich ihn.«

»Du und mich schleppen!« höhnt Kynsburg.

»Abgeschleppt, ja, wie immer!«

»Und dann?«

»Dann hat er noch einen genippelt und ist ins Bett gefallen.«

»Ins Bett, jawohl«, folgt das Echo.

»Schlafen Sie fest, Frau Kynsburg?«

»Ich schlafe nicht gut.«

»Sie hätten also wahrgenommen, wenn Ihr Mann wieder aufgestanden wäre und das Haus verlassen hätte?«

»In seinem Zustand? Der wär nicht mal bis aufs Klo gekommen.«

Kynsburg fühlt sich gekränkt. »Wär ich schon.«

»Wärst du nicht!«

»Aber eisern! Warum ist mir ein andrer zuvorgekommen!«

»Überlegen Sie sich, was Sie sagen«, warnt Kant.

»Überlegen? Was soll ich mir überlegen? Einer mußte ja mal dieses Vieh erledigen! Der hat uns doch allen das Blut abgezapft! Wie dieser im Film da, mit den spitzen Zähnen.«

»Dracula«, sagt die spitznäsige Frau.

»Dracula! An unserm Blut hat er sich gemästet! Rabota damals, rabota heute. Damit er groß rauskam, der große Strabernack. Den Vaterländischen in Silber aus Honis Hand! Und heute CDU-Bonze! Zu allen Zeiten Chef, ob rot oder schwarz oder grün. Immer der Chef, so ist das im Leben!«

Kynsburgs anarchische Ausbrüche können das schillernde Bild Strabernacks für Kant nicht mehr bereichern. Er ist überzeugt, daß diese arglos-einfältige Frau die Wahrheit gesagt hat. Wir können Kynsburg wegen seines stark alkoholisierten Zustandes als Tatverdächtigen ausschließen. Kynsburg ist nach seinem Ausbruch zusammengesunken. Wieder summt er leise vor sich hin. Was hat Kynsburg so zerstört? fragt sich Kant. Die Ehe mit diesem Schattenwesen? Die Zustände in der Genossenschaft?

Als Kant und Wirrwa das Haus verlassen, äußert sich Wirrwa skeptisch. Er ist noch nicht von Kynsburgs Unschuld überzeugt. Seine Frau, meint er, sei ihm untertan und würde ihm jegliches Alibi geben. »Wissen wir denn, ob er zu Hause weitergetrunken hat und völlig handlungsunfähig war? Der Kerl ist ein Riese, der verträgt was. Da sind Autofahrer mit drei Promille noch Slalom gefahren!«

Kant erwidert, der ganze Tathergang passe nicht zu Kynsburg. »Der schlägt gleich zu, wenn er Wut hat, und läßt dann sein Opfer liegen. Aber es danach in der Kalkgrube zu versenken? Nein, den können wir von unserer Liste streichen.«

»Liste klingt gut«, sagt Wirrwa ironisch. »Wir haben ja bloß noch diesen Drunkemölle darauf.«

Allerhand Gehörn ziert den Giebel von Drunkemölles Haus. Mittendrin hängt melancholisch ein Eberkopf. Unter den Trophäen ein Schild: HAUS GABRIELE.

»Hat anscheinend Frau Gabriele mal geliebt«, kommentiert Wirrwa.

»Warum auch nicht. Sie geht fremd, und er hält getreulich bei ihr aus.«

Nach dem Dreiklang des Gongs öffnet sich sofort die Haustür. Ein etwa dreizehnjähriges Mädchen mit schulterlangem Haar blickt Kant und Wirrwa ernst an. »Sind Sie die Polizisten?«

Kant bestätigt es lächelnd. Das Mädchen sagt wie einstudiert: »Meine Eltern erwarten Sie schon.«

Erwarten ist wirklich das treffende Wort, denkt Kant, als er in das Zimmer tritt. Die beiden Drunkemölles sitzen am runden Mitteltisch unter einem Kronleuchter aus Rehgehörn. Sie sitzen stumm, steif, als säßen sie schon stundenlang da, und bemühen sich, ihre Unruhe zu verbergen. Sie erheben sich zögernd.

Kant ermahnt sich zur Vorsicht. Ein erster Blick auf Gabriele Drunkemölle hat ihm signalisiert: das ist mein Typ. Er mag zierliche dunkelhaarige Frauen. Und wenn sie auch noch braunäugig sind, geht ihm ihr Anblick schon manchmal unter die Haut.

Drunkemölle verbeugt sich altmodisch und stellt seine Frau und sich vor. Das vergoldete Stahlgestell seiner Brille verleiht ihm einen intellektuellen Touch.

Kant möchte zuerst mit Drunkemölles Frau sprechen. Der muß erst nachdenken, ehe er begreift, daß er hinausgehen soll. Schließlich nickt er und verläßt das Zimmer.

Die Ellbogen auf den Tisch gestützt, die Hände gefaltet, schaut Gabriele Drunkemölle den Kommissar an, halb unschuldig und halb kokett. Ein Feger, denkt er, kein Wunder, daß Strabernack voll auf sie abfuhr. »Frau Drunkemölle, Sie wissen, warum wir mit Ihnen sprechen müssen.«

Sie lächelt. »Natürlich, Herr Kommissar. Schließlich war ich Leos letzte Spielgefährtin.«

Spielgefährtin. Dieses Wort offenbart eine ganze Geschichte. Keine heftige Leidenschaft, kein tiefergehendes Gefühl band sie an Strabernack. Ein Spiel in gegenseitigem Einverständnis. Sex auf Zeit im Wissen um rasche Vergänglichkeit. Ein Pakt zum Nutzen beider. Deshalb sucht Kant wohl auch vergebens nach einem Zeichen der Trauer über den Toten. Tot, das Spiel ist aus. Ihre Stimme klingt gelassen, als sie nach Kants Aufforderung über sich und ihr Verhältnis zu Strabernack spricht.

Gabriele Drunkemölle arbeitet als Verkäuferin im Supermarkt SPARSCHWEIN. Sie ist gerade vierzig gewesen. Allmählich ist ihr bewußt geworden, daß sie bald eine Grenze überschreiten wird. Hinter ihr bleiben die Jahre gedankenlosen Dahinlebens zurück, vor ihr liegen die ereignislosen Jahrzehnte des Alterns. Kant widerspricht ihr nicht. Er weiß, daß solche Ängste erst viel später wirklich akut werden, aber daß sie, so unberechtigt sie auch noch sein mögen, zum ersten Mal auf der Schwelle der Vierzig erscheinen.

GabrieleDrunkemölle erwartet nichts mehr von ihrer Ehe. Ihr Mann ist ein Arbeitstier, darin gleicht er Strabernack. Aber Strabernack hat sich immer wieder tagelang für seine Freundin Luft verschafft. Drunkemölle dagegen vergeudet seine wenige freie Zeit für sein idiotisches Hobby, die Jagd. Abends, oft bis in die Nacht hinein, hockt er draußen auf dem Anstand. Woher soll dann noch Zeit und Lust zur Liebe kommen? Der Mann ist müde, und sie ist frustriert. Und überhaupt, Strabernack brachte den nötigen Pfeffer in die Eintopfsuppe der Liebe, die ihr Drunkemölle bot. Manchmal ist sie mit Strabernack übers Wochenende verreist, nach Karlsbad oder Coburg oder Bayreuth. Manchmal sind sie auch zusammen zum Abendessen gefahren, manchmal gab es auch nur einen Quicki im Wald. Auch Lachen und Unsinn. Abwechslungsreich alles und immer aufregend. Nun ist es vorbei, sie bedauert nichts.

»Ihr Mann wußte von Ihrem Verhältnis zu Strabernack?«

»Ja natürlich. Wie hätte ich das vor ihm geheimhalten sollen? Ich wollte es auch gar nicht. Wenn man sich vernachlässigt fühlt, baut es einen doch richtig wieder auf, wenn man sagen kann: Sieh mal, ich bin noch kein Schrott, ich hab noch einen ganz schönen Liebhaberwert.«

»Und Ihr Mann hat das akzeptiert?«

»Sagen wir, er hat es kapiert, daß zwischen uns nichts mehr lief.«

»Er hätte sich scheiden lassen können.«

»Dazu ist er zu bequem. Und zu geizig. Herr Kommissar, ich will ja Norbert nicht schlechtmachen. Er ist unserer Tochter ein guter Vater. Und mich hat er niemals mies behandelt. Immer korrekt, auch während der Geschichte mit Strabernack. Er machte eben, wie man so sagt, gute Miene zum bösen Spiel.«

»Wie hat er sich Strabernack gegenüber verhalten?«

Sie atmet hörbar aus und denkt nach. »Schwer zu sagen.«

»Aber Sie können mir doch zumindest sagen, wie er sich zu Ihnen über seinen – sagen wir, seinen Bettnachbarn äußerte.«

»Gar nicht.«

Wirrwa notiert: D. trug schweigend seine Hörner. Grotesk! denkt er plötzlich. Das Gehörn am Giebel. Eine schöne Symbolik! Ob sie Drunkemölle bewußt war? Wahrscheinlich nicht, sonst hätte er das Zeug sicher entfernt.

»Sind Sie wirklich überzeugt, Frau Drunkemölle, daß Ihrem Mann Ihre Affäre gleichgültig war?«

»Ich weiß es nicht«, wiederholt sie geduldig, »denn er sprach nicht darüber.«

Kant ahnt, daß eben hier die Probleme beginnen. Einen Konflikt mit Schweigen zuzudecken, löst ihn nicht. Im Gegenteil. Unter der Decke des Schweigens wächst er und wuchert, bis er eines Tages die Decke zerreißt – wie Baumwurzeln, die eine Asphaltdecke sprengen. Nicht die Choleriker, die brüllen und um sich schlagen – wie dieser Kynsburg –, sind unter Umständen gefährlich, viel eher die Stillen, Schweigsamen, die ihren lang angestauten Zorn plötzlich explosiv entladen.

»Frau Drunkemölle, ich muß Ihnen eine Frage stellen, die Sie nicht beantworten müssen. Aber mir liegt viel an Ihrer Antwort. Halten Sie es für möglich, Ihr Mann könnte dennoch beabsichtigt haben, sich an Strabernack zu rächen?«

»Und ihn umzubringen? Wir haben diese Frage erwartet, Herr Kommissar, weil Sie natürlich nach Lage der Dinge diese Frage stellen müssen. Und wir haben Angst vor dieser Frage gehabt, verstehen Sie?«

Kant staunt immer mehr über diese Frau, die so unbefangen über sich und ihre Ängste spricht.

»Selbst wenn sich mein Mann hätte rächen wollen – dann, Herr Kommissar, doch nicht auf diese Weise. Ein Jäger nimmt seine Büchse dazu.«

Eine einleuchtende Behauptung, aber kein Beweis.

Nun ist Wirrwa an der Reihe. Er braucht noch einige Daten. Gabriele Drunkemölle bestätigt, daß an jenem Freitagabend Strabernack bei ihr gewesen war. Es war nur ein kurzer Besuch. Sie besprachen einen Wochenendtrip nach Rothenburg ob der Tauber, mit Übernachtung in der mittelalterlichen Stadt. Der Ausflug war seit einem Monat geplant und das Zimmer bestellt gewesen. Strabernack war dann um halb elf gegangen, Minuten später kehrte Drunkemölle zurück.

»Haben Sie Ihrem Mann von dem geplanten Ausflug erzählt?«

»Noch nicht. Aber er hätte es einige Tage zuvor erfahren, schon weil er sich dann um das Kind hätte kümmern müssen. Aber an jenem Abend wäre auch gar keine Zeit dazu gewesen. Mein Mann stieg in seine Jagdkluft und fuhr in den Wald.«

Wirrwas Augen verengen sich. »Ihr Mann ist wieder weggefahhren?«

»Freitag nachts war er meistens draußen.«

»Wann genau verließ er das Haus?«

»Genau? Weiß ich nicht mehr. Paar Minuten, nachdem er heimgekommen war. Ich sagte doch, er zog sich nur um.«

»Nichts gegessen?«

»Er ißt vor Beginn des Kurses zu Abend.«

»Wann kehrte er nachts zurück?«

»Weiß ich auch nicht. Wir schlafen getrennt.«

Wirrwa blickt Kant an. Kant nickt. Wirrwa schließt sein Notizbuch.

»Noch eine letzte Frage, Frau Drunkemölle«, sagt Kant. »Sie wollten eine Woche später mit Strabernack verreisen. Aber Strabernack war verschwunden. Die Reise konnte nicht stattfinden. Was haben Sie dabei gedacht?«

»Ich war stinksauer.«

»Das verstehe ich schon. Aber wie haben Sie sich seine Abwesenheit erklärt?«

»Die naheliegende Erklärung war, daß er mit einer andern gefahren ist. Daß er mich abserviert hat. Damit mußte ich ja eines Tages rechnen.«

Kant bittet sie, ihren Mann hereinzuschicken.

Drunkemölle setzt sich an den Tisch, unter den Gehörnkronleuchter. Er kneift fortwährend das linke Auge zu und schiebt die Brille mit abgespreiztem Mittelfinger auf die Nasenwurzel hoch.

Kant sagt, er bewundere den Kronleuchter. Die Geweihe seien sehr kunstvoll ineinander verschlungen. Ob es eigene Trophäen seien? Ja, eigene, erwidert Drunkemölle. Er gestatte sich jedoch, Herrn Kommissar zu korrigieren. Der Jäger spreche nicht von Geweih, sondern von Gehörn. Kant bedankt sich für die fachmännische Belehrung. Er möchte gern wissen, ob Herr Drunkemölle die Jagd als Hobby oder aus Leidenschaft betreibe. Beides, erklärt der Befragte. Finanzbuchhaltung sei eine wenig aufregende Tätigkeit. Langweilige Stubenhockerarbeit. Die Jagd wirke ihr zweifach entgegen: freie Natur und die Spannung des Jagdfiebers. Drunkemölle gerät ins Schwärmen. Eine Sommernacht, einen Herbstabend am Waldrand auf dem Anstand zu erleben, fern allem Alltagskram, nur den Himmel über sich und von atemloser Stille umgeben – das sei das wahre Leben, und erst recht für einen Buchhalter.

»Entschuldigen Sie eine ganz prosaische Frage. Sie waren auch an jenem Abend draußen, als Herr Strabernack getötet wurde?«

Drunkemölle schließt das linke Auge und nestelt an seiner Brille. »Ja, das hat Ihnen meine Frau ja wohl schon berichtet.«

»Das ist doch reichlich spät, nachts um elf. Da ist es doch total finster. Zumal da auch noch Neumond war.«

»Ich sagte Ihnen doch, Herr Kommissar. Wir sitzen draußen nicht bloß, um Wild zu erlegen. Wir genießen auch die Natur.«

Nur den Himmel über sich, fern allem Alltagskram und dem Ärger über eine läufige Ehefrau, möchte Kant hinzufügen.

Mit Drunkemölles Hilfe rekonstruiert Wirrwa für sein Wege-Zeit-Diagramm Drunkemölles Bewegungen vom Verlassen seines Hauses bis zur Rückkehr. Demnach war er kurz vor dreiviertel elf zu Hause weggefahren, auf die Landstraße, die kurz hinter dem Gemeindeamt nach Norden abzweigt, abgebogen und hatte zehn Minuten später den Mönchsberg erreicht. Hier hat er den Hochsitz bezogen und sich dort etwa zwei Stunden aufgehalten. Dann war er auf demselben Weg zurückgekehrt und gegen zwei Uhr zu Bett gegangen. Ein Wild hatte er nicht erlegt, sondern nur auf dem Hochsitz gesessen und die Einsamkeit genossen. Mit einigen Schlucken Weinbrand aus dem Flachmann, fügt er hinzu.

Wirrwa beendet seine Notizen. Kant schweigt. Das Schweigen dauert an. Drunkemölle zwinkert mit dem linken Auge und schiebt die Brille hoch. »Kein sehr gutes Alibi«, sagt er kläglich. Er wartet vergeblich auf Antwort. »Ich weiß«, beginnt er erneut, »daß Sie mich verdächtigen. Aber ich habe mit Strabernacks Tod nichts zu tun, das müssen Sie mir glauben.«

»Lieben Sie Ihre Frau, Herr Drunkemölle?«

»Lieben? Ach Gott, wissen Sie, Gabi hat es mir schon immer ganz schön schwergemacht, sie zu lieben. Sie verstehen doch, was ich meine?« Er erwartet wohl keine Antwort und fährt fort: »Meine Frau – also ihr Temperament hat mich damals, als wir uns kennenlernten, mächtig angezogen. Aber ich merkte bald, Gabi ist schwer zu hüten. Ich meine nicht, daß sie, nun sagen wir, mannstoll ist, das nicht. Aber irgendwie – na ja, ich selber bin ein bißchen schwerblütig, und wenn Gabi scharf war auf einen Mann, dann ist es nicht immer bloß beim Äugeln geblieben. Und kommt dann einer wie Strabernack, so ein richtiger scharfer Hahn – dann ist eben der Stall offen für ihn. Entschuldigen Sie, Sie wollten eine Antwort auf Ihre Frage.«

»Warum haben Sie sich nicht von Ihrer Frau getrennt?«

»Dazu war eigentlich kein Anlaß. Den Haushalt hat sie nie vernachlässigt. Und unsere Tochter ist erst zwölf. Das Kind soll durch eine Scheidung keinen Schaden nehmen. Außerdem waren Gabis Affären nie von langer Dauer. Ich habe mich eben damit arrangiert.«

»Mit Ihrer Frau haben Sie sich arrangiert. Auch mit Strabernack?«

Drunkemölle blinzelt mit dem linken Auge, schiebt die Brille zurecht und beginnt zu erzählen. Kant glaubt sich bald in den Komödienstadl versetzt, wo eine dörfliche Posse aufgeführt wird. Der eine oder andere Auftritt in dieser Szenerie ist ihm schon bekannt, erhält aber durch Drunkemölle neue Varianten. Die Rollen sind klar profiliert. Strabernack ist der dummdreiste alte Bauer, der glaubt, er könnte alle nach seiner Pfeife tanzen lassen. Und Drunkemölle der ehrbare Bauernbursch, der dem Schlitzohr die Maske vom Gesicht reißt. Es heißt immer, sagt Drunkemölle, Strabernack sei ein guter Organisator gewesen. Das stimme zwar, aber regiert habe er mit der Angst. Er hatte Beziehungen nach ganz oben. Gewiß, er war nicht in der Staatspartei, sondern in der Bauernpartei, aber auch da konnte man Karriere machen. Gerade Blockflöten wurden ebenso wie Parteilose aus durchsichtigen Gründen gehätschelt und getätschelt. Strabernack hat seine Beziehungen rücksichtslos ausgenutzt, um seinen Ruf als Pionier der Landwirtschaft auszubauen. Keiner hat gegen ihn aufgemuckt, außer dem ehrbaren Bauernburschen Drunkemölle. Und heute, wo die ehemalige Genossenschaft als AGRAR Gesellschaft auf ein Drittel geschrumpft wurde, haben wiederum alle Angst gehabt, gegen Strabernack aufzutreten. Nur einer hat es gewagt – der Finanzbuchhalter Drunkemölle.

»Und wie, Herr Drunkemölle?«

Drunkemölle sagt, er habe das immer auf seine ganz spezielle Weise getan. Buchhalterisch sozusagen. Finanzkontrolle ist zu allen Zeiten die wirksamste Kontrolle, wirksamer oft als ein Geheimdienst – sofern man die einschlägigen Gesetze beherrscht. Wenn Strabernack einen neuen Hochsprung in die Höhen des Neuerertums vorbereitete, hat ihm Drunkemölle die Meßlatte höher zu hängen versucht. »Ich könnte mich wie Rumpelstilzchen zerreißen, wenn ich höre, alles sei Strabernack zu verdanken. Hätte ich ihn mit seinen hochfliegenden Plänen nicht immer wieder auf den Boden der Realität zurückgeholt, hätte es manche Pleite gegeben. Natürlich konnte ich nicht jeden Unfug verhindern, wie dieses ganze Meliorationsprojekt noch vor der Wende. Das hat die Genossenschaft fast zwei Millionen gekostet. Ich habe ausgerechnet, daß sich das erst nach zwanzig Jahren amortisiert hätte. Jetzt haben wir die Altlast am Hals, und der Weidebetrieb ist obendrein eingestellt. Aber wer damals auch nur den leisesten Einwand gegen dieses Projekt erhob, war ein Saboteur. Er scheute sich nicht, dieses Wort aus der Mottenkiste der fünfziger Jahre hervorzuholen. Sogar den Rosenbluth bezichtigte er der Sabotage, obwohl der aus ganz andern Gründen als ich gegen die Trockenlegung des Stillen Tals rebellierte.«

»Rosenbluth?« Kant glaubt, diesen Namen schon einmal gehört zu haben.

»Der Datschennachbar von Doktor Füllhorn«, erinnert Wirrwa.

»Der Kunstmaler«, ergänzt Drunkemölle. »Heute würden wir sagen, ein Grüner. Eben so ein Naturschützer. Der hat damals sogar Eingaben gegen die Melioration gemacht. Aber Ökoproteste wurden ja meistens abgewürgt, auch die von Rosenbluth. Und Strabernack nannte ihn öffentlich einen Feind des Fortschritts. Aber Rosenbluth hat ganz schön gekontert.«

»Also offene Feindschaft zwischen Strabernack und Rosenbluth?«

»Eine von vielen, Herr Kommissar.«

»Wie die zwischen Strabernack und Drunkemölle. Haben Sie nicht mal geäußert, Sie könnten Strabernack im Gelände leicht mit einem Wildschwein verwechseln?«

»Habe ich das gesagt? Schon möglich. Aber er ist mir ja nicht vor die Büchse gelaufen.«

»Ein Negativbild in Großaufnahme«, sagt Wirrwa. »Dieser Strabernack wird mir immer unsympathischer.«

»Das ist nicht zu vermeiden, solange nur seine Feinde zu Wort kommen. Tote Despoten werden mit Fußtritten von ihrem Sockel gestürzt. Ein Akt der Selbstrettung für die, die sich ihm einst zu Füßen geworfen hatten.«

Wirrwa sieht es weniger abstrakt. Er meint, Leute wie Drunkemölle oder dieser Rosenbluth hätten doch ganz handfeste Gründe für ihren Haß auf Strabernack gehabt. Kant stellt das auch nicht in Frage. Sicherlich müsse man auch mit Rosenbluth sprechen. Wirrwa ahnt einen neuen Verdächtigen. Und ein neues Mordmotiv: Ökologie kontra Ökonomie. In welche Sackgassen werden wir noch geraten? Kant sitzt still und schweigsam am Steuer. Wirrwar blickt auf seine Uhr, denkt, wenn wir jetzt zurückfahren, käme ich noch zum Mittagessen zurück.

»Das GRÜNE HERZ hat auch heute geöffnet«, sagt Kant.

Wirrwa fühlt sich ertappt. »Sie wollen jetzt gleich zu Rosenbluth?«

Kant hält an und fragt eine alte Frau nach der Wohnung des Malers Rosenbluth. Sie verweist ihn zum Schloßgarten, der Maler bewohne dort den alten Pavillon.

Das mächtige Gittertor vor dem Schloßgarten ist mit Kette und Vorhängeschloß zugesperrt. Eine zerbrochene Glastafel kündet: KINDERHEIM CLARA ZETKIN. Kant und Wirrwa betreten durch eine Seitenpforte den Park. Eine stille grüne Insel. Platanen, uralte Linden, Eichen, Rhododendronbüsche. Das Schloß im Hintergrund liegt wie ausgestorben zwischen den Bäumen. Hier gibt es kein Kinderheim mehr. Seitwärts, von Holundergesträuch umgeben, steht der barocke Pavillon, ein Teehaus einstmals oder ein Miniaturpalais für musikalische und gesellige Vergnügungen.

Die Klingel tönt hohl und hallend. Niemand öffnet. Vielleicht ist er auf seiner Datsche, mutmaßt Wirrwa.

Die beiden Bungalows wirken einsam und verlassen. Rosenbluths Bungalow ist verschlossen. Kant drückt auf die Hupe. Nichts rührt sich. Er will gerade wieder in den Wagen steigen, als aus Dr. Füllhorns Gartenhaus ein Mann tritt. Es ist Rosenbluth.

»Was ist denn, Botho?« ruft eine dunkle Stimme aus dem Hintergrund.

Hauch einer Erinnerung. Diese Stimme ist erotisches Parfüm. Und da schwebt die Dame auch schon heran, in purpurnem Kimono: Birgit Füllhorn mit den himmelblauen Augen.

Rosenbluth ist bis zur Gartentür gekommen. »Wollen Sie zu mir?« Nichts in seinem Blick deutet darauf hin, daß er die Kriminalisten wiedererkennt. Die Dame im Kimono hat anscheinend ein besseres Gedächtnis. »Sie, meine Herren? Zu sonntäglicher Stunde?« Sie akzentuiert jede Silbe, die Worte kommen wie auf Stelzen daher.

»Es geht um den Tod von Direktor Strabernack«, sagt Kant. »Wir haben einige Fragen an Herrn Rosenbluth.«

»Wenn es um Strabernack geht, sind wir beide voll aussagefähig«, bemerkt Frau Füllhorn. »Kommen Sie, meine Herren.« Sie führt ihre Besucher durch das holzgetäfelte Wohnzimmer in einen angrenzenden Raum. »Willkommen in meiner kleinen Welt«, skandiert die Dame.

Die kleine Welt gibt Kant auf den ersten Blick Rätsel auf. Drei Wände sind mit unzähligen beschrifteten Kacheln bedeckt. Dazwischen, in quadratischen Rähmchen, Wandsprüche auf echtem Pergament. Vor der Fensterfront steht ein Arbeitstisch. Darauf befindet sich ein Aufsatz, ähnlich einem Rednerpult. Seine schräg herablaufende Oberseite ist eine Mattglasscheibe, die von unten beleuchtet wird. Neben dem Aufsatz liegen Federhalter, Zeichenfedern, Pinsel, verschiedenfarbige Fläschchen mit Tinte und Farbtuben.

Frau Füllhorn weist auf die Wände. »Sehen Sie! Sehen Sie sich ruhig erst meine Werke an!« Kant liest einige der Inschriften: »O lieb, solang du lieben kannst!« und »Unser Papa ist doch der beste« und »Eintracht ist eine Macht«. Ein etwas längerer Spruch besagt: »Als der liebe Gott meinen Lohnstreifen sah, weinte er bitterlich.« – »Nun?« fragt die Purpurne.

Kant blickt verlegen wieder zur Wand. Ohne sich umzuwenden, murmelt er: »Interessant.«

Wirrwa ist neben ihn getreten und beginnt, einige schief hängende Rahmen geradezurücken. Er macht einen glücklichen Eindruck, da er ordnend tätig werden kann.

»Frau Füllhorn«, erklärt Rosenbluth, »beherrscht die Technik dieser Beschriftung perfekt, nicht wahr?«

Frau Füllhorn nickt selbstbewußt. »Als Gebrauchswerberin hatte ich schon einige Erfahrung in Schriftmalerei. Aber dann kamen wir in dieses gottverlassene Kaff …«

»Nun übertreib doch nicht immer, Birgit. Es ist ein zauberhafter Ort.«

»Ich wollte nicht hierher!« entgegnet sie heftig. »Das weißt du doch auch!« Sie wendet sich an Kant: »Sie verstehen das doch? Von Berlin plötzlich in diese Einöde!«

Kant nickt. Ja, er versteht jetzt ihren Drang nach übertriebener Selbstdarstellung. Sie ist hier nicht heimisch geworden und betont deshalb ihr Anderssein durch Kimono und weihevollen Gang und wohlmodulierte Stimme. Großstadtkulisse im Gebirgsdorf.

»Und warum kamen Sie hierher, Frau Füllhorn?«

»Weil ich mußte. Also mein Mann wollte es so.« Sie blickt Kant prüfend an, um sich zu vergewissern, daß ihn ihre Erklärung wirklich interessiert. »Mein Mann hatte in Berlin Ärger gehabt.«

Erneut ein forschender Blick. Sie entschließt sich, weiterzusprechen. »Er sollte Chefarzt werden. Aber dann bekam ein anderer die Stelle. Sie kennen ja die Dschungelkämpfe der Herren Mediziner. Mein Mann ist leider kein Kämpfer. Zu fair, zu human. Aber er kann sehr trotzig werden, wenn er beleidigt wird. Und aus dieser Trotzhaltung heraus – also er sagte: radikaler Abbruch! Ich will mein eigener Chef sein. Und er übernahm die Staatliche Arztpraxis hier. Für ihn ging alles weiter. Für mich war alles vorbei. Als Gebrauchswerberin, meine ich. Und da habe ich eben meine eigene Praxis gegründet.« Sie hebt neckisch den Zeigefinger. »Eine sehr erfolgreiche Praxis, wie Sie sehen.«

»Ihre Produkte verkaufen sich«, bestätigt Rosenbluth fröhlich. »Zumal auch manche rein ornamentalen Figurationen darunter sind.«

»Herr Rosenbluth ist mir beim Entwurf der Texte behilflich, und ich stelle sie dann in Serie her. Manchmal dichten wir auch gemeinsam einen originellen Text, nicht wahr, Botho? Zum Beispiel diesen,« Sie zeigt auf eine Kachel. In der linken oberen Ecke sind drei Tannen angedeutet. Darunter steht: »Vom Inselsberg hinabzusehn ist leichter als hinaufzugehn.«

»Für mich ist es ein Graus«, gesteht Rosenbluth. »Aber für die Kundschaft ein Herzensbedürfnis.«

»Du sollst das nicht immer sagen, Botho!« rügt Birgit Füllhorn. »Wer die Kunst nicht ernst nimmt, verdient nicht, Künstler genannt zu werden.« Sie wendet sich in vertraulichem Ton an Kant. »Natürlich kann ich mich mit ihm nicht messen.« Ihre rauchig-dunkle Stimme schlägt plötzlich in kindliche Weinerlichkeit um. »Ich bin ein böses Mädchen, Botho, gib es zu. Ich langweile die Herren mit meinen Erzeugnissen, während deine Bilder ...«

Sie nimmt Kant am Arm und zieht ihn ins Wohnzimmer. »Hier!« ruft sie andächtig. »Das ist ein Original Rosenbluth!«

Zwischen Couchlehne und niedriger Decke hängt ein Breitwandgemälde. Nein, nicht der übliche Kitsch, erkennt Kant, diese Klischees schneebedeckter Berge und sonnendurchglühter Heidewege. Rosenbluth hat eine eigene Handschrift. Ein talentierter Epigone allerdings, eine Mischung aus C. D. Friedrichs Naturromantik und Magrittes phantastischen Kompositionen. Das Ölgemälde stellt einen Wald dar, der sich in der Ferne unter einem bleiernen Himmel verliert. Aber die Bäume, deren Blätter noch üppig grün sind, wurzeln nicht mehr im Erdboden. Ihre Wurzeln schweben über der Erde frei in der Luft.

Frau Füllhorn hält noch immer Kants Arm. »Verstehen Sie? Sie verstehen es doch, nicht wahr? Der Wald scheint noch zu leben. Aber in Wirklichkeit ist er schon tot. Verstehen Sie?« Sie lacht verzweifelt auf. »Wie wir alle!«

Sie läßt Kants Arm los und tritt vor das Bild. »Strabernack hat das vielleicht noch begriffen, ehe er starb. Daß er schon ein lebender Leichnam war. Es wäre bedauerlich, hätte er es nicht begriffen.«

»Wie sollte er, Birgit. Er ist sicher viel zu schnell gestorben.«

»Ich weiß nicht«, murmelt sie. »Unsere Kriminalisten wissen es aber. Herr Kant, wie ist dieser Mann gestorben?«

»Ein Schlag machte ihn bewußtlos. Dann wurde er in Kalkbrei versenkt.«

»Siehst du!« triumphiert Rosenbluth. »Er konnte nicht mehr darüber nachdenken!«

»Schade, sehr schade«, fügt die Frau hinzu.

Kant hat mit wachsender Beklemmung den Dialog verfolgt. Die beiden plauderten miteinander, als seien er und Wirrwa gar nicht anwesend. Plappern sie in aller Unschuld wie Kinder? Oder wollen sie uns beweisen, wie abständig sie über Strabernacks Tod reden können? Wollen Sie den Verdacht gegen Rosenbluth auf die Spitze treiben, um ihm so die Spitze zu nehmen? Ohnehin kann sich Kant über die Beziehung zwischen der Arztfrau und dem Maler noch nicht klarwerden. Verbindet sie lediglich das gemeinsame Interesse an Kunst? Wahrscheinlich fühlt sie sich in ihrem Kunsthandwerk ernstgenommen von ihm, und er genießt ihre Bewunderung. Birgit steht noch immer vor dem Bild, als sähe sie es zum ersten Mal. Sie hält Rosenbluths Hand, der neben sie getreten ist. Schlafen die beiden miteinander auf der Couch hier, und Birgit Füllhorn starrt dabei in die Tiefe des toten Waldes? Kant verdrängt diese Vorstellung und sagt leise: »Sie beide mochten Strabernack nicht.«

Frau Füllhorn läßt Rosenbluths Hand los und setzt sich mit einer einladenden Handbewegung auf die Couch. »Wir mochten ihn nicht.« Sie steckt sich eine dünne Damenzigarette an. »Strabernack hat Herrn Rosenbluth das Leben zur Hölle gemacht.«

Und so erfahren Kant und Wirrwa von dem lange schwelenden, schließlich offen ausgebrochenen Konflikt zwischen dem Künstler und dem Agrarier. Manches berichtet Rosenbluth. Dann zerrt er heftig an seinem im Nacken zusammengebundenen Haar, in seinen verdunkelten Augen flackert Zorn. Manchmal berichtet Birgit Füllhorn, ihren Freund plötzlich unterbrechend, und Kant lauscht entzückt ihrer gutturalen Stimme.

Rosenbluth hatte sich vor acht Jahren in Abendröte-Vogelsang angesiedelt. Bis dahin hatte er in Leipzig gelebt und gearbeitet. Aufträge von Großbetrieben hatten ihm eine sorglose Existenz ermöglicht. In seinen Gemälden hatte er Schornsteinbauer, Baggerführer und Neuererkollektive porträtiert, in Kulturhäusern und Kantinen großflächige Panoramen von Tagebauen und Hochhäusern an die Wände gemalt und das Abenteuer von Wissenschaft und Technik symbolkräftig ins Bild gebracht. Die maßgeblichen Leute von Staat und Partei schätzten ihn und zogen ihn wie manchen andern nützlichen Künstler in ihr Vertrauen. Er erfuhr Dinge, die andere Menschen nicht erfuhren, Tatsachen beispielsweise über die Verseuchung von Luft und Gewässern im mitteldeutschen Industriegebiet. Plötzlich sah er die Baggerführer und Schornsteinbauer auch als Zerstörer, die Neubauten als riesige Sarglager, die Technik als gefräßiges Ungeheuer. Er konnte die Baggerführer und Wohnsilos und Kühltürme nicht mehr heroisch verklären. Rosenbluth begann zu begreifen, wie unvernünftig Vernünftiges in Leben einbricht und es gefährdet. Du hast recht, sagten die maßgeblichen Leute, aber du mußt auch verstehen, daß scheinbar Unvernünftiges getan werden muß, um das Vernünftige durchzusetzen. Diese Schizophrenie überforderte ihn. Er begann allmählich, sich als »Grüner« zu fühlen, und zog aufs Land. Bürgermeister und Gemeinderat sahen es als eine Ehre an, daß ein Kunstpreisträger sich in ihrem Ort niederlassen wollte und stellten dem Maler den verwahrlosten alten Pavillon als Wohnung und Atelier zur Verfügung. Auch der kunstsinnige Goetheverehrer Strabernack versprach sich einen Nutzen für sein Renommee, wenn er darauf verweisen konnte, wie Leben und Kunst in diesem Dorf eine glückliche Ehe eingingen. Aber bald sah sich Strabernack in seinen Erwartungen getäuscht. Die erste Lesung Rosenbluths vor den Genossenschaftsbauern endete verhängnisvoll.

»Eine Lesung?« fragt Kant.

»Herr Rosenbluth ist auch Lyriker«, erklärt Birgit.

Rosenbluth las Gedichte, die sich den meisten bei einmaligem Hören kaum erschlossen. Aber das war noch kein Anlaß zur Unzufriedenheit. Die Ehrfurcht vor einer schwer verständlichen Kunst treibt die Zuhörer gewöhnlich nur zum stummen Eingeständnis ihrer eigenen Unbildung. Strabernack dagegen begriff wohl die Aussage der Gedichte und eröffnete die Aussprache mit der lapidaren Feststellung, diese Verse seien schädlich für unser optimistisches Lebensgefühl, ließ sich das von Rosenbluth gerade vorgetragene reichen und las es mit absichtlich höhnischer Stimme nochmals vor.

Das Morgenrot fiel bald als
Regen herab. Die Lerche holte der

Bussard. Gesät haben wir
Weizen und Brennesseln
geerntet. Wir kamen aus den grünen Wäldern
zurück, das Haar voller Spinnweb. Fern
die Herberge, zeigt
bald durch die zerbrochenen Scheiben
ihre inwendige Leere. Die Bergwand,
der ich entgegenschrie: unheilvoll
ist die Welt geworden, voll
Unheil, antwortete, die Welt sei heil.

Strabernack sagte, wenn Rosenbluth diese Verse auf die westliche Welt beziehen würde, wäre das in Ordnung. Aber er spreche ja von der sozialistischen Deutschen Demokratischen Republik, und es wäre eine Frechheit zu behaupten, sie sei voller Unheil. Auch auf andere Verse reagierte Strabernack teils wütend, teils zynisch. Dem Autor fehle die optimistische Weltvision Fausts. So gab auch Rosenbluth schließlich jegliche Zurückhaltung auf und verwahrte sich gegen Strabernacks vulgäre Kritik. Von dieser Stunde an begann der Krieg zwischen den beiden. Jedes neue Gefecht vertiefte den Haß. Und da der Maler wenig und der Vorsitzende viel Macht hatte, endeten die einzelnen Gefechte regelmäßig mit Rosenbluths Niederlage. So kündigte ihm Strabernack, natürlich im Namen der Genossenschaft, das Nutzungsrecht einer LPG-eignen Garage, untersagte notwendige Reparaturen am Pavillon, für dessen Werterhaltung die Genossenschaft einst eine Selbstverpflichtung übernommen hatte. Er sperrte ihm einen Weg, den er bisher zur Abkürzung zu seiner Datsche benutzt hatte, verweigerte ihm den Kulturraum für eine Bilderausstellung und nannte ihn schließlich auf einer Einwohnerversammlung einen Feind des Sozialismus.

»Wie begründete er das? Was war das für eine Versammlung?«

Es war eine Versammlung, auf der Strabernack sein Meliorationsprojekt vorstellte. Die sumpfigen Wiesen im Stillen Tal sollten trockengelegt und der Bach im Wiesengrund begradigt werden. Rosenbluth meldete sich zu Wort. Er befürchte die Zerstörung dieses Feuchtbiotops. Aber Strabernack entgegnete, wichtig allein sei es, die Effektivität des Weidebetriebs zu erhöhen. Ob Herr Rosenbluth denn den Kindern die Milch verweigern wolle!? Mit solchen Fragen heizte Strabernack die Auseinandersetzung mit Rosenbluth erneut an. Rosenbluth forderte, ökonomische und ökologische Interessen miteinander abzustimmen, statt sie in Gegensatz zueinander zu bringen. Strabernack beharrte auf dem Vorrecht der Ökonomie. Und außerdem, rief er, sei er doch sehr erstaunt, daß ausgerechnet ein Künstler für die ästhetischen Folgen der Melioration blind sei. Diese sumpfigen Wiesen voller Unkraut und Riedgras! Bald werden sie in sauberem Grün prangen! Und der Bach in seinem verworrenen Lauf, bald werde er gradlinig das Tal durchlaufen! Diese Argumente waren sogar dem sonst so ruhigen Dr. Füllhorn zuviel. Er nannte die saftigen grünen Wiesen steril, aus denen alles Leben verbannt sein werde. Strabernack erklärte, niemand werde ihn daran hindern, das Projekt durchzusetzen. Daraufhin verkündete Rosenbluth, er werde eine Eingabe machen und dafür Unterschriften sammeln. Das sei konterrevolutionär, rief Strabernack. Die Genossenschaft JOHANN WOLFGANG GOETHE werde sich dieses Namens würdig erweisen und Fausts Lebensplan verwirklichen: »Grün das Gefilde, fruchtbar. Mensch und Herde sogleich behaglich auf der neuesten Erde!« Mit diesem Faust-Zitat beschloß Strabernack seinen Appell.

Rosenbluth mußte erkennen, daß er gegen diese drei Autoritäten vergeblich kämpfen würde: gegen Goethe, Strabernack und die ökonomische Politik der Partei. Zu denen sich bald eine vierte gesellte. Ein Mitarbeiter der Staatssicherheit suchte ihn auf und gab ihm den wohlmeinenden Rat, sich öffentlicher Kritik am Parteiprogramm zu enthalten und seine ökologische Marotte nicht zu weit zu treiben.

»Heute zeigt sich, wie recht Rosenbluth damals hatte. Infolge der Melioration hat sich der Grundwasserspiegel im Stillen Tal weit gesenkt. Die Quelle, die durch beide Datschen floß, ist versiegt. Zwar hat die Gemeinde dann die Datschen an das örtliche Wasserleitungsnetz angeschlossen, aber dieses Wasser erreicht nicht die Qualität der versiegten Quelle. Außerdem wird jetzt dafür Wassergeld gefordert! Und mit alldem noch nicht genug! Nun wollte Strabernack hier eine Bungalowsiedlung und ein Freizeitcenter errichten. Tausende würden sich dann lärmend durchs Stille Tal wälzen. Und da fragen Sie noch, Herr Kommissar, warum wir Strabernack nicht mochten?«

»Als Sie die Unterschriftensammlung ankündigten, wurden Sie von der Staatssicherheit verwarnt. Hatte Strabernack Sie denunziert?«

»Das weiß ich nicht.«

»Hatten Sie Schwierigkeiten danach?«

»Sicher wurde ich weiter beobachtet. Ich verhielt mich ja auch nach der Verwarnung nicht still. Ich schrieb die Eingabe an den Staatsrat. Hier am Gartentor stellte ich ein Transparent auf: ›Wer skrupellos Natur vernichtet, der wird von der Natur gerichtet!‹«

»Wie? Sagen Sie uns das noch mal.«

Rosenbluth wiederholt den Spruch. »Das Transparent war am nächsten Morgen verschwunden.«

In das Schweigen hinein sagt Kant: »Das war eine offene Drohung.«

»Sollte es auch sein. Wenn wir uns weiterhin an der Natur vergehen, wird sie uns richten. Hinrichten, auf eine wenig angenehme Weise.«

»Strabernack ist nicht von der Natur hingerichtet worden, Herr Rosenbluth. Wo waren Sie in jener Nacht, als Strabernack getötet wurde?«

»In jener Nacht? In welcher? Wann war das?«

»Am Freitag, dem zehnten April.«

»Wie soll ich das jetzt noch wissen, Herr Kommissar!«

Birgit springt ihm bei. »Wahrscheinlich warst du bei uns, wie meist Freitag abend. Das könnte ich zu Hause leicht in meinem Terminkalender feststellen. Aber zuvor ...«, sie erhebt sich, »zuvor möchte ich Ihnen noch ein Souvenir überreichen.«

Sie geht in ihren Arbeitsraum und kehrt mit zwei gerahmten Kacheln zurück. Die eine überreicht sie Kant, die andere Wirrwa. Kant liest den handgemalten Text: »Haß altert langsamer als Liebe.« Ein beziehungsvoller Spruch. Er sieht Frau Füllhorn an, sie erwidert seinen Blick mit einem leichten Lächeln. Er hat das Gefühl, es sei ein vieldeutiges Lächeln. Macht es ihr Spaß, durch solcherart Andeutung mit uns zu spielen?

»Ich möchte Birgit nicht nachstehen«, sagt Rosenbluth zu Kant. »Ich möchte Ihnen auch ein Andenken mitgeben. Mein Gedichtbändchen. Es konnte erst nach der Wende gedruckt werden.« Er eilt in seinen Bungalow.

Kant und Wirrwa gehen inzwischen zum Wagen hinaus. »Und was steht auf Ihrem Souvenir?«

»Ordnung ist das halbe Leben«, sagt Wirrwa. Er bewundert Frau Füllhorns scharfe Beobachtungsgabe. »Ich habe doch nur einige Kacheln geradegerückt. Leider habe ich den Spruch nun zweimal. Meine Frau hat mir längst einen neben den Schreibtisch gehängt. Allerdings mit drei ironischen Ausrufungszeichen!«

Es regnet noch immer. Die Villa Füllhorn leuchtet hell durch den Regenvorhang. An den Praxisräumen im Erdgeschoß vorbei führt Frau Füllhorn die Kriminalisten die Treppe hinauf. Ihr Kimono berührt fast den Boden. Rosenbluth folgt ihnen. Birgit Füllhorn öffnet die Tür gegenüber der Treppe.

Das Zimmer präsentiert sich in einer modernen, aber schon traditionellen Farbkomposition. Weiße Wände, weiße Dekke, schwarz das Mobilar – die Rolladenschränke, die Ledercouch, die Stühle, die Stereoanlage mit ihren Boxen. Hier und da rote Tupfer: die dunkelroten Rosen in der Vase, das rubinfarbene Kissen in der Couchecke und natürlich, welche einfache Erklärung, Birgit Füllhorns roter Kimono.

Sie blättert in ihrem Buchkalender. »Hier!« sagt sie triumphierend. »Ich wußte es. Zehnter April. Bo. 21. Sprichw. Buch. Das heißt, Botho, also Herr Rosenbluth, kam um einundzwanzig Uhr zu uns. Und Sprichw. Buch – erinnerst du dich, Botho? Du hattest mir das Sprichwörterlexikon mitgebracht und geschenkt.«

»Ah ja, natürlich.«

»Willst du das den Herrn nicht erklären?«

»Was gibt es da zu erklären! Ich hatte das Sprichwörterlexikon in einem Antiquariat entdeckt. Sprichwörter aus fünf Jahrhunderten. Eine wahre Fundgrube für Birgits Arbeit. Ernste und heitere Sätze über Himmel und Hölle, Tod und Teufel, Geld und Geist, Geschwätz und Schweigen.«

»Wir haben uns die Sprüche vorgelesen und Dutzende von Texten notiert. Wir hatten viel Spaß.«

»Wollen Sie damit ausdrücken«, fragt Kant bedächtig, »daß dieser Spaß eine ganze Weile gedauert hat?«

»Bis Herr Rosenbluth heimging.«

»Bitte etwas genauer«, fordert Wirrwa. Er schlägt sein Notizbuch auf.

»Herr Rosenbluth kam also gegen einundzwanzig Uhr. Zuerst tranken wir mit meinem Mann eine Flasche Wein. Weil wir uns das Sprichwörterlexikon ansehen wollten, nahm sich mein Mann vor, die Zeit zu nutzen und Fachliteratur durchzusehen. Es wird vielleicht halb zehn gewesen sein, als er in sein Arbeitszimmer hinunterging. Wir machten es uns gemütlich bei einer zweiten Flasche Wein, den Brandenburgischen Konzerten und dem Sprichwörterlexikon.«

»Und hatten viel Spaß dabei.«

Frau Füllhorns Augen verengen sich. Ihre Stimme ist nicht mehr rauchig und noch weniger erotisch, sondern schrill. »Sie haben keinen Grund, Herr Wachtmeister, meine Angaben zu bezweifeln.«

»Herr Wirrwa bezweifelt Ihre Angaben nicht«, sagt Kant vermittelnd. »Er hat nur Ihre Formulierung wiederholt.«

»Und nun genau, Frau Füllhorn. Wann verließ Herr Rosenbluth das Haus?«

»Gegen Mitternacht.«

»Davor? Danach?«

»Ich sagte, gegen Mitternacht. Oder weißt du es genau, Botho?«

»Kurz vor zwölf sah ich auf die Uhr und dachte, es wird allmählich Zeit zu gehen. Also ziemlich genau um Mitternacht.«

»Und dann?«

»Dann bin ich heimgegangen. Und war dann Viertel eins etwa zu Hause.«

»Könnte das jemand bezeugen?«

»0 ja!« Rosenbluth lächelt.

Wirrwa legt überrascht den Stift hin. »Es hat Sie tatsächlich jemand heimkommen sehen?«

»Doktor Füllhorn hat mich bis zum Parktor begleitet. Das tut er meistens. Wir schwatzen noch ein wenig.«

»Warum sagen Sie das erst jetzt?«

Rosenbluth lächelt erneut. »Weil ich mich über Ihre Verdächtigung ärgere.«

»Solche Späße lieben wir aber gar nicht!« rügt Wirrwa heftig.

»Entschuldigen Sie. Aber es kränkt mich, wenn man mir einen Mord anhängen will.«

Kant mischt sich wieder ein. »Bisher haben wir noch nicht einmal eine Vermutung geäußert, daß wir Sie verdächtigen.«

»Die Situation ist trotzdem eindeutig genug, Herr Kommissar. Für einen Künstler geradezu entwürdigend!« Rosenbluths Blick ist entflammt, seine Stimme überschlägt sich. »Meinen Haß äußere ich in meinen Bildern, nicht in der Realität!«

»Übrigens wird Ihnen mein Mann alles bestätigen«, erklärt Frau Füllhorn.

»Das wäre sehr hilfreich.«

»Kommen Sie bitte.«

Sie führt Kant und Wirrwa die Treppe hinab in Dr. Füllhorns Arbeitszimmer. Sie öffnet die Tür. »Mein Mann ist sicher im Garten. Ich hole ihn. Nehmen Sie inzwischen Platz.«

Aber Kant nimmt nicht Platz. Links und rechts an den Wänden stehen bis an die Decke reichende Bücherregale.

»Imposant«, findet Wirrwa.

Kant tritt näher und geht langsam an den Regalen entlang. Eine sorgfältig und gezielt zusammengestellte Bibliothek. Dr.

Füllhorn scheint ein vielseitig interessierter Mann zu sein, der sich über mannigfache Gebiete der Natur und Fragen der Menschheit zu orientieren sucht. Bismarcks GEDANKEN UND ERINNERUNGEN neben Goebbels' Tagebüchern und der mehrbändigen Propyläen-Weltgeschichte, Bildbände über das klassische Altertum, ein sechsbändiges Monumentalwerk zur Geschichte der Medizin, zahlreiche Lexika über Technik, Kunst und Naturwissenschaften. Eine Regalreihe künstlerische Fotobücher über Landschaften, Tiere und Pflanzen. Werke über das Weltall, seine Wunder und Rätsel, über Erdgeschichte, Ökologie und die großen Weltreligionen. Auch die Psychologie scheint ihn zu interessieren. Kant entdeckt ein Buch, das er vor Jahren gelesen hat: Reiner Werners SCHWIERIGE CHARAKTERE.

»Kennen Sie Reiner Werner? Ein forensischer Psychologe. Ich schätze ihn sehr.«

Wirrwa schüttelt den Kopf. Kant blättert darin, lächelt, liest Kapitelüberschriften vor: »Störer, Versager und Außenseiter. Verunsicherte Gefühlsduselei. Schwelende Affektivität. Fanatische Verbohrtheit. Stupide Antriebslahmheit.«

Auch Wirrwa lächelt. »Bildhaft und locker. Sicher sehr interssant. Müßte ich auch mal lesen.«

»Ich kann es Ihnen leihen.«

Die Haustür schlägt zu. Schritte draußen. Kant stellt das Buch ins Regal zurück. Als Dr. Füllhorn eintritt, wird Kant wiederum der Gegensatz zwischen dem Doktor und seiner Frau bewußt. Fleckige Jeans und ein schlottriger Pullover gegen einen wallenden Kimono. Und sicher geht der Gegensatz noch tiefer. Der Doktor – die Bibliothek beweist es – eine stille, ganz nach innen gerichtete Persönlichkeit, seine Frau redselig, kontaktfreudig, schaustellerische Begabung.

»Entschuldigen Sie meinen Aufzug. Ich habe Unkraut

gejätet und wollte Sie nicht warten lassen. Setzen wir uns doch.«

Kant erklärt Füllhorn die Situation. Ob er die Angaben Rosenbluths bestätigen könne. Füllhorn hat sich in den Sessel zurückgelehnt und mit geschlossenen Augen zugehört. Nun öffnet er sie wieder, richtet sich auf und legt die Fingerspitzen beider Hände zusammen. »Aber um Himmels willen, warum fordern Sie Botho ein Alibi ab? Sie verdächtigen ihn doch nicht etwa?«

»Sie können uns helfen, ihn von jedem Verdacht zu befreien.«

Jener Abend verlief völlig normal, erklärt Füllhorn. Nachdem man gemeinsam eine Flasche Wein getrunken hatte, hätten seine Frau und Rosenbluth sich das Lexikon angesehen und er in seinem Arbeitszimmer neue Fachliteratur gelesen. Gegen Mitternacht habe er Rosenbluth nach Hause begleitet.

»Und während Sie hier arbeiteten – hätte da Herr Rosenbluth unbemerkt das Haus verlassen können?«

»Wieso? Warum? Ach so!« Füllhorn lacht auf. »Wie sollte er es denn – wenn er schon Strabernack umbringen wollte –, wie sollte er wissen, daß er gerade um diese Zeit Strabernack auf der Straße treffen würde?«

Kant horcht auf. Wirrwa beugt sich gespannt vor.

»Auf der Straße – wie meinen Sie das, Herr Doktor?«

Füllhorn lehnt sich bequem zurück. Er scheint die Erregung der Kriminalisten zu genießen. »Ich meine damit, daß ich Strabernack zu dieser Zeit die Straße entlanggehen sah.«

Kant blickt den Doktor eindringlich an. »Sie haben behauptet, den Abend über in Ihrem Arbeitszimmer gewesen zu sein.«

»Für eine halbe Stunde wurde ich zu einem Krankenbesuch

gerufen. Die alte Frau Unverricht hatte eine Nierenkolik.«

»Wann war das?«

»Kurz nachdem ich in mein Zimmer gegangen war. So gegen zehn etwa.«

»Und da haben Sie Strabernack auf der Straße gesehen?«

»Nein. Als ich vom Krankenbesuch zurückkehrte.«

»Erzählen Sie!«

Plötzlich scheint sich der Stau der Ermittlung wieder zu bewegen. Füllhorn berichtet, an jenem Freitag abend habe ihn also der Elektroinstallateur Unverricht angerufen. Seine Mutter hatte eine schwere Nierenkolik. Füllhorn machte sich sofort auf den Weg, versorgte die Kranke und fuhr wieder nach Hause. Etwa in Dorfmitte, kurz hinter dem Gemeindeamt, holte er einen PKW ein, den er jedoch wegen einer Kurve nicht überholte. In diesem Augenblick bremste der Wagen vor ihm unerwart und hielt. Füllhorn wäre beinahe aufgefahren. Er mußte scharf bremsen und ebenfalls kurz anhalten. Dabei erkannte er, warum das Auto vor ihm gestoppt hatte. Direktor Strabernack stand am Straßenrand und bat anscheinend den Fahrer, mitgenommen zu werden. Der Fahrer war Drunkemölle. Sein Wagen sei wegen der vielen Aufkleber an der Heckscheibe unverkennbar. Füllhorn stieß dann mit seinem Auto etwas zurück und fuhr an Strabernack und Drunkemölle vorbei nach Hause.

»Ist denn Strabernack in Drunkemölles Wagen eingestiegen?«

»Das konnte ich wegen der nachfolgenden Kurve nicht mehr sehen. Es hat mich auch nicht sonderlich interessiert.«

Drunkemölle hat also die Begegnung mit Strabernack während der kritischen Zeit verschwiegen. Wirrwa blickt zu Kant. Er ahnt, was der Kommissar jetzt vorhat. Ade, heimatliches Mittagessen, nun bleibt uns nur das GRÜNE HERZ. Es klingt ihm fast wie Hohn, als Dr. Füllhorn sie hinausbegleitet und ihnen einen schönen Feierabend wünscht.

»Schön wäre es«, erwidert Kant. »Aber selbst, wenn wir jetzt Feierabend hätten – der Film läuft innerlich weiter, pausenlos, bis zum Ende.«

»Hoffentlich bis zu einem Happy-End.«

»Das Happy-End für uns ist keines für den Mörder. – Übrigens, warum haben Sie Ihre Beobachtung nicht mitgeteilt, als die Vermißtenmeldung in der Presse erschien?«

»In der Presse? In welcher? Ich lese nur die SÜDDEUTSCHE.«

Gabriele Drunkemölle sagt freudig: »Ah, der Herr Kommissar. Sie kommen doch nicht etwa meinetwegen noch einmal zurück?«

»Würde Sie das freuen?« fragt Kant.

»Das verrate ich nicht,« erwidert sie kokett. »Sollten Sie meinen Mann sprechen wollen, der ist leider nicht da. Er ist im Wald.«

»Wäre er dort auffindbar, Frau Drunkemölle?«

»Natürlich, er hat seinen Lieblingshochsitz.« Sie beschreibt den Weg zum Mönchsberg. »Hinter dem Gemeindeamt macht die Straße eine Kurve. An ihrem Ende zweigt ein Weg nach rechts ab. Dann fahren Sie bis zum Waldrand. Dort ist er – falls er wirklich dort ist.« Sie lacht hell auf. »Bei ihm weiß man das nie so genau. Viel Glück!«

Der Regen hat aufgehört, der bleierne Himmel lichtet sich. Dorfmitte. Gemeindeamt. Kurve. Abzweigung: MÖNCHSBERG 2,5 km. Hinter den letzten Häusern beginnen Wiesen. Die Erde atmet feucht. Nebelschwaden steigen auf, Nachtgewand der Gespenster. Kein Anlaß, alte Ängste zu verspotten. Heute gibt es die gleichen Ängste, sie haben nur andere Namen. Es ist unmöglich, den Schlaglöchern auszuweichen. Lehmiges Wasser spritzt bis an die Scheiben empor. Der Wagen nähert sich dem Wald. Kant hält an. An eine mächtige Kiefer gelehnt, steht der Hochsitz. Kant fährt dicht heran. Er hupt mehrmals und steigt aus. Drunkemölle klettert die aus Baumstämmen gefügte Leiter herab. Die Jägertracht hat ihn verwandelt. Als er auf Kant und Wirrwa zutritt, wirkt er selbstsicher, autoritär. Eine Amtsperson im Dienst.

»Wie haben Sie mich denn gefunden, Herr Kommissar? Ist noch etwas?«

»Sie sind also wirklich dort, wo Sie sind.«

Drunkemölle sucht vergeblich den Sinn dieser dunklen Worte zu erfassen. »Wie soll ich das verstehen, Herr Kommissar?«

»Es sind die Worte Ihrer Frau. Wahrscheinlich meint sie, daß Sie es mit Ihren Ortsangaben nicht so genau nehmen.«

Drunkemölle schüttelt den Kopf. »Das verstehe ich immer noch nicht.«

»Warum haben Sie uns verschwiegen, daß Sie Strabernack kurz vor seinem Tode begegnet sind? Daß er in Ihr Auto gestiegen ist? Wohin sind Sie mit ihm gefahren, was geschah im Wagen?«

Drunkemölle reißt sich den Hut vom Kopf und wischt sich mit dem Handrücken über die Stirn. Schwer atmend, starrt er Kant an. Dann murmelt er: »Das ist eine Treibjagd. Eine Treibjagd gegen mich.«

»Haben Sie Strabernack in jener Nacht getroffen?«

»Ja.«

»Haben Sie mit ihm gesprochen?«

»Ja, aber …«

»Ist er in Ihren Wagen gestiegen?«

»Nein. Er wollte, daß ich ihn mitnehme. Er war – nun, er

war ziemlich angesäuselt. Wollte, daß ich ihn mitnehme. Aber ich habe ihn nicht mitgenommen. Ich sagte, ich biege gleich ab, zum Mönchsberg. Oder willst du mit? Frische Luft täte dir gut. Leck mich, sagte er, hau ab, hau bloß ab. Er schlug fluchend auf die Motorhaube. Und ich fuhr weiter.«

»Hierher.«

»Ja.«

»Ohne Strabernack.«

»Ohne ihn.«

Kant ist aufgefallen, daß Drunkemölles Stimme zunehmend heiserer geworden ist. Er mußte sich fortwährend räuspern. Ist es die Aufregung? Heiserkeit ist manchmal wie ein Lügendetektor. Kant fordert Drunkemölle auf, ihm in seinem Wagen bis zu seinem Grundstück zu folgen. Drunkemölle fragt beklommen, ob er verhaftet sei. Kant teilt ihm mit, er werde Drunkemölles Wagen versiegeln, abholen und nach Spuren von Strabernack untersuchen lassen.

Nach dem Abendessen will sich Kant in sein Arbeitszimmer zurückziehen, um das Ergebnis der sonntäglichen Ermittlung zu überdenken. Er gibt Georgia die beiden Mitbringsel, Frau Füllhorns Kachel und Rosenbluths Gedichtbändchen. Es hat den Titel DER AST, AUF DEM ICH SITZE. Georgia erinnert sich an Rosenbluths Namen. Man habe ihn in den 70er Jahren oft als Vertreter des Sozialistischen Realismus gerühmt. Später sei es still um ihn geworden. Kant erklärt ihr diesen Wandel. Nun sei Rosenbluth in irgendeiner Weise in den Mordfall Strabernack verwickelt. Georgia möge sich die Gedichte mal ansehen (auch der Text auf der Kachel stamme sicher von ihm), vielleicht ließe sich aus den Texten noch etwas mehr über die Persönlichkeit Rosenbluths sagen. Zwei Stunden später hat der Kommissar seinen Bericht für den

Oberstaatsanwalt skizziert. Er ist nicht zufrieden, aber auch nicht völlig enttäuscht. Müßte er den Bericht benoten, würde er sich nicht mehr als eine Vier zubilligen. Wir haben zwar zwei Verdächtige, aber alles ist noch offen. Rosenbluth hat ein Alibi, Drunkemölle nicht. Aber Kant wird den leisen Verdacht nicht los, die Füllhorns könnten ihrem Freund Rosenbluth ein Gefälligkeitsalibi gegeben haben.

Als er ins Wohnzimmer zurückkehrt, gießt sich Georgia, die Beine auf der Couch lang ausgestreckt, gerade ein Glas Rotwein ein.

»Deine Augen glänzen«, sagt Kant und holt sich ebenfalls ein Glas.

»Es ist nicht der Wein«, antwortet sie.

Nicht der Wein. Vielleicht mein Auftrag. Das Glück, gebraucht worden zu sein. Mit ihrem Urteil gefordert, wie damals, als sie noch vor ihren Klassen stand. Wenn Rosenbluth wüßte, wozu seine Verse jetzt dienen: als Betäubungsmittel für zwei, drei Stunden, gegen Resignation. »Sagtest du nicht«, fragt Georgia, »Rosenbluth und Frau Füllhorn hätten sich eine Reihe Kachelsprüche gemeinsam ausgedacht?«

»Behauptet sie jedenfalls. Ich glaube, die meisten stammen von Rosenbluth.«

»Nun, Kachelkitsch und Lyrik scheinen mir nicht so weit voneinander entfernt. Dieser Spruch zum Beispiel: Haß altert langsamer als Liebe. Für Rosenbluth ist Haß langlebiger als Liebe.«

»Ja, sein Haß gegen Strabernack ist wild und elementar.«

»Was nicht besagt, daß er etwa unfähig wäre zu lieben.«

Georgia blättert im Gedichtbuch. »Hör zu. Ich lese es ganz langsam vor:

›Es war in jenen Tagen, als
die Fische im Meer erstickten und

die Vögel auf den Bäumen.
Einst unser Schwur: unsere Liebe
endet erst
mit unserm letzten Atemzug.
Nun
hat sie geendet.‹

Liebe überlebt nicht den Tod der Bäume, Fische und Vögel. Ein großer Schwur: ewige Liebe. Aber diese individuelle Ewigkeit endet vorzeitig – wenn die uns übergeordnete Existenz, die Natur, stirbt. Die Natur rächt sich, indem sie sich dem Menschen produktiv verweigert:

›Wir haben
Weizen gesät und
Brennesseln geerntet.‹

Ist das nicht ein schöner bildhafter lapidarer Satz?«

»Ich fürchte, Georgia, es ist ein geliehenes Bild. Rosenbluth hat es Joachim von Fiore entliehen, einem christlichen Philosophen des 12. Jahrhunderts. Fiore sieht in vielen Gleichnissen die menschliche Geschichte als Fortschritt. Finsternis wird Licht, Haß zur Freundschaft, Brennesseln zur Fülle des Weizens.«

»Rosenbluth kehrt dieses Bild um. Fülle wird Mangel.«

»Er nimmt die Utopie zurück, Fortschritt schlägt in sein Gegenteil um.«

»Das ist überhaupt ganz charakteristisch für ihn: gültig scheinende Wahrheiten in Frage zu stellen. So hatte Brecht einst die Dichter kritisiert, die zu Zeiten des Faschismus lieber Gedichte über Bäume schrieben als über die Untaten der Diktatur. Brecht fragte: Was sind das für Zeiten, wo ein Gespräch über Bäume fast ein Verbrechen ist, weil es das Schweigen über so viele Untaten einschließt? Rosenbluth kontert Brecht: Was sind das für Zeiten, schreibt er, wo das

Schweigen über Bäume fast ein Verbrechen ist, weil es ein Gespräch über so viele Untaten ausschließt?«

»Ein Gespräch über so viele Untaten. Damit sind wir wieder bei meiner Frage: Ist Rosenbluth ein Mann des Gesprächs? Oder der Tat? Du sagst, der Haß sei sein bewegender Affekt. Mir scheint es auch so – im wirklichen Leben. Aber aus seinen Versen lese ich mehr Resignation heraus. Er klagt abstrakt. Er klagt nicht die an, die die Natur sinnlos zerstören.«

»Muß er das? Muß Dichtung Namen nennen?«

Kant erzählt vom Konflikt zwischen Rosenbluth und Strabernack. Rosenbluth habe in Strabernack einen solchen ganz konkreten Verursacher erblickt und vergeblich gegen ihn angekämpft. Strabernack sei ermordet worden. »Glaubst du, Georgia, daß Rosenbluth in seinem Haß zu einer solchen Tat fähig ist? Er dämpft doch diesen Haß immer wieder durch Resignation.«

»Aber gerade das ist doch eine unheilvolle Mischung! Gebremster und unterdrückter Haß entwickelt immer neue Energien. Bis sie sich einmal gewaltsam entladen! »

»Kann es nicht auch umgekehrt sein? Rosenbluth entlastet sich durch seine Bilder und Gedichte von innerem Druck, von den Zwängen des Hasses. »

»Auch das ist möglich. Jedes menschliche Tun ist doppeldeutig und kann gegensätzlich interpretiert werden. Der eine ist aggressiv aus Stärke, der andere aus Schwäche.«

»Das mag schon sein, Georgia. Aber der Oberstaatsanwalt liebt eindeutige Interpretationen.«

Montag, 11. Mai 1992

Oberstaatsanwalt Hollergschwandtner ist gutgelaunt. Das heimatlich bayrische Wochenende war geruhsam, die Rückkehr am Vormittag wurde ihm durch keinen Stau vermiest. Die Zigarre hat ihr volles Aroma entwickelt. Und so glaubt Hollergschwandtner zu Recht erwarten zu dürfen, daß ihm der Kommissar Strabernacks Mörder präsentiert.

Mit wachsendem Mißmut muß er nun erfahren, daß es drei Verdächtige gibt, Beweise aber noch nicht vorliegen. Wirrwa sei jedoch dabei, die verschiedenen Aussagen zu überprüfen. Kant meint, die konfliktträchtige Existenz des Opfers, seine vielen Feindschaften, erschwere den Fall. Diese Konflikte reichten von der Gegenwart bis in die DDR-Zeit zurück. Der Traktorist Kynsburg könne als Verdächtiger ausgeschieden werden. Aber Drunkemölle und Rosenbluth hätten Grund genug gehabt, sich an Strabernack zu rächen. Als Kant über Rosenbluths Auseinandersetzungen mit Strabernack berichtet, horcht Hollergschwandtner auf. Ein grüner Spinner, sagt er verächtlich. Solche sind zu allem fähig, wenn sie ihre Prinzipien gefährdet sähen. Kant hat es gelernt zu schweigen, wenn der Oberstaatsanwalt seine Grundsätze auszubreiten beginnt. Er läßt den Vortrag über die staatsbedrohende Rolle der Umweltnarren an sich vorüberrauschen. Möglicherweise, so schlußfolgert der Oberstaatsanwalt, habe man hier das Mordmotiv in der Hand. Strabernack sei ein Mann der Realität gewesen, der Mut zu Veränderungen und Investitionen hatte. Auch als »rote Socke«, jawohl, auch damals habe er im wesentlichen gewinnorientiert gedacht und gehandelt. Hollergschwandtners Herz schlägt in warmer Sympathie für Strabernack, der wahrscheinlich das Opfer linker Anarchisten geworden sei.

»Aber Rosenbluth hat ein Alibi«, hält Kant entgegen. »Ein zweifaches sogar.«

»Vielleicht von zwei andern Grünen!« höhnt Hollergschwandtner. »Sie werden dieses Alibi zerschlagen, Kommissar, ist das klar?«

»Klar, Herr Oberstaatsanwalt.« In diesem Augenblick meldet Hollergschwandtners Sekretärin, ein Herr Drunkemölle wolle den Herrn Kommissar dringend sprechen.«

»Drunkemölle?« fragt der Oberstaatsanwalt. »Was will der noch? Dann herein mit ihm!«

Drunkemölle tritt ein und setzt sich mit fast fröhlicher Gelassenheit und erklärt, er wolle ein Geständnis ablegen. Kant triumphiert. So rasch hätte er einen Erfolg nicht erwartet. Er ahnt nicht, daß sich in diesem Augenblick das Glück von ihm abgewendet hat. Hollergschwandtner schaltet das Tonbandgerät ein. Drunkemölle schlägt ein Bein über das andere und fragt, ob er rauchen dürfe. Es wird ihm gestattet. Er zündet sich eine Gauloise an und beginnt:

»Ich habe die ganze Nacht nicht geschlafen, ich bin wirklich fertig. Nach dem Gespräch gestern am Hochsitz wußte ich, nun bin ich dran. Und wenn mein Wagen jetzt untersucht wird, wird man bestimmt irgendwelche Spuren von Strabernack finden, er ist ja manchmal in meinem Wagen mitgefahren, wenn wir irgend-wohin mußten. Ich habe den Herrn Kommissar zweimal getäuscht. Einmal, als ich ihm verschwieg, Strabernack nachts begegnet zu sein. Und ein zweites Mal, als ich sagte, ich hätte Strabernack nicht in meinem Wagen mitgenommen, weil ich zum Mönchsberg gefahren bin.«

Kant hört gespannt zu. Drunkemölles Stimme ist fest und klar. Keine Spur mehr von Heiserkeit. »Aber ich bin nicht zum Mönchsberg gefahren«, sagt Drunkemölle. »Ich fuhr weiter, nach Vogelsang hinauf. Ich bin öfter nachts in Vogelsang, während meine Frau glaubt, ich sei zur Jagd.«

Drunkemölle bricht ab und grinst. »Gewissermaßen bin ich schon auf Jagd. Das Wild heißt Anita.«

Er lacht glucksend, nimmt einige Züge Rauch und fährt dann fort: »Anita Meerapfel ist meine Freundin. Meine Rache sozusagen an meiner Frau. Hab sie mir allerdings erst aufs Korn genommen, als sich Gabi mit Strabernack eingelassen hatte. Also ich war die halbe Nacht bei meinem Püppchen. So bis zwei Uhr früh. Anita wird es bestätigen.«

»Wer ist Anita Meerapfel?« fragt Hollergschwandtner verwirrt.

»Anita Meerapfel – Wäscherei SAUBER-ZAUBER in Vogelsang. Eine absolut seriöse Frau, Herr Oberstaatsanwalt.«

Eine frühere Geliebte von Strabernack, fällt dem Kommissar ein. »Warum rücken Sie erst jetzt mit dieser Geschichte heraus?« Kant fühlt sich plötzlich entsetzlich müde.

»Meine Frau weiß nichts davon.«

»Na wunderbar!« Wut steigt in Kant auf. »Ihre Frau hat einen Dauerbrenner laufen, und Sie wagen es nicht, Ihre Liebschaft zu offenbaren. Das sollen wir Ihnen glauben?«

»Es ist aber wirklich so. Ich dachte, eines Tages, wenn die Sache mit Strabernack vorbei ist, da kehrt Gabi zu mir zurück, und ich nehme sie großmütig wieder auf, ich bin ja sauber.«

»Ein feiner Sauberzauber, Herr Drunkemölle!«

»Herr Kant!« mahnt Hollergschwandtner.

Kant empfindet nicht nur über Drunkemölle Zorn. Noch mehr trifft es ihn, daß nun Hollergschwandtner doch recht behalten soll. Nun bleibt Rosenbluth allein als Verdächtiger zurück. Trotzdem – wie oft schon hat eine Frau ihrem Geliebten ein Alibi verschafft. Noch steht die Partie pari: Möglicherweise haben Drunkemölle und Rosenbluth beide ein löchriges Alibi.

Kant fährt lustlos nach Vogelsang. Er ist ins Schleudern gekommen, wie ein Wagen auf nasser Straße. Er schätzt Menschen mit Phantasie, er hat sich selber schon oft genug in haltlose Spekulationen verrannt. Aber er war sich stets bewußt geblieben, daß es vorerst nur Arbeitshypothesen waren. Wenn sich der Oberstaatsanwalt jedoch immer noch ohne neue Indizien an Rosenbluth festbeißt, nur weil er als staatstragende Persönlichkeit etwas anarchisch angehauchte Umweltschützer nicht mag, gerät die Ermittlung in parteiische Gleise. Solche Verirrungen hat Kant vor der Wende genügend kennengelernt. Er erinnert sich an einen seiner spektakulärsten Fälle. Ein Krankenpfleger hatte aus Eifersucht gegen einen Chirurgen eine Anzahl von dessen Patienten vergiftet, um den Ruf des Arztes zu ruinieren. Der Staatsanwalt schwor auf Sabotage aus politischen Gründen. Und doch war es nur simple Eifersucht, denn die frühere Geliebte des Pflegers hatte sich mit dem Arzt liiert. Hollergschwandtners Theorie kann in einer Sackgasse enden.

Der Ortsteil Vogelsang liegt etwa hundert Meter höher als Abendröte. Er ist durch eine steil ansteigende Landstraße, aber auch durch einen Fahrweg zu erreichen, der am Ende des Stillen Tals beginnt und sich durch Kiefern- und Birkenwald nach Vogelsang emporzieht. Kant wählt den idyllischen Waldweg. Als sich das Gehölz lichtet, erblickt er vor sich auf einem langgestreckten Bergrücken die ersten Häuser des Dorfes.

Die Wäscherei und chemische Reinigung SAUBER-ZAUBER liegt gleich rechts am Waldrand. Kant sieht ein weitläufiges Gehöft vor sich. Es war früher sicher einmal ein großer Bauernhof. Das Wohnhaus mit dem schieferverkleideten Giebel wirkt düster. Über dem offenen zweiflügeligen Hoftor spannt sich das Firmenschild. Zur Rechten liegen strahlend weiß die ehemaligen Stallgebäude, die nun zur Wäschereianlage umgebaut worden sind. Verbotsschilder verweigern Unbefugten den Eintritt. Eine hölzerne Hand mit ausgestrecktem Zeigefinger verweist ihn zum Büro. Kant tritt ein. Vor dem Schalter stehen zwei Kunden, die ihre Rechnung bezahlen. Kant wartet, bis sie gegangen sind. Dann teilt er der Sekretärin mit , er wünsche Frau Meerapfel zu sprechen. Er muß erst amtlich autoritär werden, ehe sich die Angestellte bereit zeigt, ihn anzumelden. Die Sekretärin kehrt bald eilig zurück, entschuldigt sich kleinlaut und geleitet Kant zum Zimmer der »Chefin«.

Kant sieht einen großen weißen Raum vor sich. Wahrscheinlich ein ehemaliger Stall, kalkweiß getüncht. Halb Büro, halb Landwirtschaftsmuseum. Den Hintergrund füllen altertümliche Gerätschaften aus: ein Pferdeschlitten aus der Biedermeierzeit, eine riesige Wäschemangel, wie Kants Großmutter sie noch im Handbetrieb benutzte, Truhen, Futtertröge, Sensen, Sattelzeug, Wagenräder. Im Vordergrund der Schreibtisch, daneben einige Stahlregale für die Akten. An der Wand neben dem Schreibtisch verblichene wurmstichige Ölgemälde, dazwischen einige beschriftete Kacheln (wahrscheinlich Rosenbluth-Füllhornschen Ursprungs) und ein Bündel vertrockneter Blütenrosetten des Riesenbärenklaus.

Inzwischen hat sich die Frau hinter dem Schreibtisch erhoben. Nein, keine Frau – eine Wuchtbrumme in vollem Saft. Wallendes rotes Haar, Milchhaut, eine kühnragende Nase, kraftvoller Korpus. Riesige Brüste. Einen Brustpanzer davor, einen Helm mit Adlerflügeln auf dem Kopf, Schild und Speer in Händen und eine Walküre steht vor dir, denkt Kant.

Das Monumentalweib sagt, es habe den Herrn Kommissar schon erwartet. sie sagt das mit einer unerwartet piepsigen Stimme, die den Eindruck machtvoller Weiblichkeit ironisch aufhebt. Doch schon fährt sie sich bei den nächsten Worten – »Setzen Sie sich, wollen Sie einen Kaffee?« – mit der Zungenspitze über die Oberlippe, als verkoste sie in Gedanken den Herrn Kommissar. Buchhalter Drunkemölle und diese Walküre – wer verschlingt wen? Das ist nicht schwer zu beantworten. Das kann auf die Dauer nicht gutgehn. Ah ja, Drunkemölle rechnet ja auch nicht mit Dauer.

Während sie beide auf den Kaffee warten, plaudert Anita Meerapfeld über ihren SAUBER-ZAUBER. Sie war früher in einer kommunalen Wäscherei gewesen, hat dann dieses Grundstück geerbt und sich mit Hilfe von Krediten selbständig gemacht. Acht Arbeitskräfte, das Geschäft läuft. »Selbständigkeit, wissen Sie, Selbständigkeit in jeder Hinsicht, das war immer mein Lebenstraum.«

»Sie sind nicht verheiratet, Frau Meerapfel?«

»Ich sagte doch, selbständig in jeder Hinsicht! Niemals von Männern abhängig sein! Verstehen Sie?«

»Ich verstehe.«

»Männer!« Sie blickt verklärt empor. »Das Schönste für eine Stunde. Das Unerträglichste den ganzen Tag.«

Der Kaffee wird gebracht. Kant nimmt das Stichwort auf und kommt zur Sache. »Einen Mann für eine Stunde. Das trifft wohl auch Ihr Verhältnis zu Herrn Drunkemölle.«

Sie lacht trillernd. »Sie haben es genau getroffen, Herr Kommissar.«

»Lieben Sie ihn?«

»Lieben? Ach Gott, Herr Kommissar, ich weiß nicht. Mich

interessiert mein jeweiliger Partner. Suche da immer etwas Neues zu entdecken. Drunkemölle ist ganz amüsant. Brutal, aber verklemmt. Sie verstehen mich?«

»Ich verstehe Sie.«

»Manchmal hat er mich nachts auch schon mit auf den Hochsitz genommen. Das ist zwar unerwünscht, aber nachts fällt das ja weiter nicht auf. Wollen Sie auch wissen, ob es dabei – wie sagt man da – zum Austausch von Intimitäten gekommen ist?«

Kant wird allmählich ärgerlich. »Danach habe ich Sie nicht gefragt.«

Die Meerapfel schleudert mit kraftvoller Kopfbewegung ihr rotes Wallehaar zurück. »Entschuldigung, Herr Kommissar. Ich ahne nur, was Sie eigentlich wissen wollen. Ob Herr Drunkemölle in jener Freitagnacht bei mir gewesen ist. Ja, er ist bei mir gewesen, zwischen elf und zwei. Er geht immer früh wieder weg. Ein Rest von schlechtem Gewissen.«

Es gleitet wie Öl von ihren Lippen. Kein Zweifel, die beiden haben das Alibi miteinander abgesprochen. Das war auch zu erwarten. Kann ich dem Weib glauben? Man lügt aus Liebe. Aber hier ist keine Liebe. Hier ist ein Zweckverhältnis. Was Anita Meerapfel von diesem Mann bekommt, kann sie von jedem andern haben. Sie würde keine Lüge, geschweige denn, wenn es notwendig wäre, einen Meineid für Drunkemölle riskieren und ihr Geschäft gefährden. Kant ist bereit, ihr zu glauben.

Scheint so, als wäre Drunkemölle entlastet.

Übrig bleibt Rosenbluth. Der Oberstaatsanwalt wird triumphieren.

Kant zieht es auf unerklärliche Weise noch einmal zu Rosenbluth hin. Aber es ist nicht der Drang des Jägers, das Wild doch noch zu erlegen. Im Gegenteil, er will nicht wahrhaben, daß Rosenbluth die Tat begangen haben soll. Er sucht nicht nach Verdachtsbeweisen, sondern nach Zeichen, die ihn entlasten können.

Er trifft Rosenbluth in seinem Atelier im alten Pavillon an. Der Maler steht an der Staffelei, arbeitet an einem Ölbild. Kant darf es betrachten, es ist fast vollendet. Das Bild erschreckt ihn. An dunkelrotem Himmel hängt eine fahlweiße Sonne. Eine Wiese aus vertrocknetem Gras. Eine nackte Frau steht darauf, sie ist nur von der Seite zu sehen. Sie steht gebeugt, stützt die Hände auf die Knie. Hinter ihr steht ein Mann. Er hat die Hüften der Frau umfaßt und ist von hinten in sie eingedrungen. Die Liebenden wenden dem Betrachter ihre Gesichter zu. Es sind nicht Gesichter von Lebenden. Es sind die von Mumien. Leere Augenhöhlen, zahnlose Münder.

»Vivans«, sagt der Maler, »vivans nihilo minus mortuus. Umkehrung einer mittelalterlichen Signatur an einem Bild des Gekreuzigten. Tot und dennoch lebendig, sagt der Satz. Der unsterbliche Christus. Mein Bild sagt: lebendig und doch schon tot. Die Körper leben noch, vergnügen sich animalisch.« Er schlägt sich mit flacher Hand an die Stirn. »Aber hier drin ist alles schon tot. Wie das dürre Gras.« Er fügt hinzu: »Das Bild gefällt Ihnen nicht, stimmt's? Leider steht es so um die Menschheit und nicht anders.«

Kant verweilt mehr als eine Stunde und stellt Fragen, aber alles bleibt vage, immer wieder verirrt sich das Gespräch ins Philosophische. Der Kommissar beschließt eine letzte Offensive.

»Herr Rosenbluth, ich sage Ihnen offen, daß der Herr Oberstaatsanwalt Ihr Alibi bezweifelt.«

»Und Sie? Zweifeln Sie auch daran?«

»Ich wüßte nicht, warum Ihnen Frau Füllhorn ein falsches Alibi geben sollte.«

Rosenbluth lächelt hintergründig. »Vielleicht aus Liebe?«

»Lieben Sie einander?«

»Was verstehen Sie unter Liebe, Herr Kommissar? Daß ich mit Birgit ins Bett gehe? Ich würde meinen Freund nie betrügen und auch von ihr nicht erwarten, daß sie es tut.«

Zwei Wochen später. Kant steht vor der Kalkgrube. Sie ist mit frischen Brettern zugedeckt. Sie decken, denkt Kant, auch das Geheimnis über den Tod des Goetheverehrers, Durchreißers, Weiberhengstes und sozialistischen Kapitalisten Leo Strabernack zu. Es gibt keine brauchbaren Beweise gegen Kynsburg, der aus sozialem Haß, keinen gegen Drunkemölle, der aus Eifersucht, und keinen gegen Rosenbluth, der aus ökologischem Fanatismus Strabernack getötet haben könnte.

Zwei ungelöste Mordfälle. Kant beginnt an sich selber zu zweifeln. Ist er zu alt? Zu müde? Zu widerborstig gegenüber dem Oberstaatsanwalt? Er ist verunsichert. Hollergschwandtner hat sich zwar mit massiver Kritik zurückgehalten. Aber er trägt diese Zurückhaltung so deutlich zur Schau, daß sie auf Kant schon wieder wie eine Ohrfeige wirkt. Napoleon scheiterte vor Waterloo. Kommissar Kant scheitert in Abendröte-Vogelsang.

Sonntag, 9. August 1992

Der Wagen schießt geradewegs auf den Straßengraben zu.

»Anita!« schreit Kynsburg und greift hinüber ins Lenkrad. Die ist in diesem Augenblick wieder aufgeschreckt und reißt den Wagen bis auf die Straßenmitte zurück.

»Schon gut«, murmelt sie. »Noch bißchen müde.«

»Laß mich mal lieber ans Steuer«, schlägt Kynsburg vor. Anita Meerapfel fährt an den Straßenrand, steigt aus und nimmt auf dem Beifahrersitz Platz. Sie blickt auf die Uhr. Es ist kaum halb sieben.

»Wir hätten ruhig noch ein, zwei Stunden schlafen können«, sagt Kynsburg. »Du weißt, Liddy ist seit einer Woche krank, ich muß die Buchhaltung nachholen. Sonst bleibt zuviel liegen.« Sie öffnet das Seitenfenster. »Eine Hitze schon am frühen Morgen.«

»Soll über dreißig Grad werden.«

»Wenn ich heimkomme, dusche ich mich erst mal. So richtig eiskalt.« Ist auch gut gegen Kater, denkt Anita Meerapfel. Mit ihrem gegenwärtigen Freund Kynsburg hat sie die Familie ihrer Schwester besucht. In der warmen Sommernacht haben sie gegrillt, getrunken und bis früh um zwei draußen gesessen. Paar Stunden Schlaf und um sechs wieder auf den Heimweg gemacht.

Um halb acht sind sie zu Hause.

Anita Meerapfel steigt aus. »Also ich gehe erst mal im Garten unter die Dusche.«

»Tu das. Ich dusche derweil im Bad.«

Kynsburg fährt den Wagen in die Garage und folgt ihr ins Haus. Als er ins Schlafzimmer tritt, hat sie sich bereits entkleidet. Seit einem Vierteljahr kennt Kynsburg nun ihren Körper. Er erregt ihn wie am ersten Tag. Er findet keinen besseren Vergleich: Anita ist wie Goldbrand. Hitzig wie Rum. Dagegen seine verhieverte Frau – ein Schluck Wasser. Er ist nicht Anitas erster Spezi, er wird nicht ihr letzter sein. Warum Gedanken machen an später? Nehmen, wie's kommt. Irgendwie geht es immer weiter.

Er tritt hinter Anita, legt seine Arme um ihren Leib, preßt sich an sie. Sie spürt seine Erregung und wendet den Kopf.

»Warte wenigstens, bis ich geduscht habe. Ich bin so verschwitzt.«

Er blickt ihr durchs Fenster nach, wie sie durch den Garten zur Außendusche geht. Anita läuft gern nackt durch den Garten. Das Gehöft liegt einsam, hinten am Zaun steht eine hohe Hecke. Aber selbst wenn jemand sie beobachten würde – es machte ihr nichts aus, ihren Körper zur Schau zu stellen.Sie hält ihn weiß und meidet die Sonne. Sie glaubt, das erhöhe den Kontrast zum roten Wallehaar.

Kynsburg zieht sich aus. Das Hemd klebt naß am Rücken. Er freut sich auf die kalte Dusche und legt frische Unterwäsche und Socken zurecht. Anita hat ihn ganz nobel mit neuen Sachen ausgestattet. Bevor er ins Bad geht, fällt ihm ein, die Kaffeemaschine einzuschalten. Er geht in die Küche und will gerade die Filtertüte einlegen, als er einen schrillen Schrei hört. Er stürzt ans offene Fenster und blickt in den Garten.

Anita taumelt schreiend, die Hände ins Gesicht gepreßt, durch das Gras, immer im Kreis. Wie eine vergiftete Ratte, denkt Kynsburg entsetzt. Er springt durchs Fenster in den Garten hinaus.

Anita ist in die Knie gegangen und rutscht röchelnd und wimmernd hin und her.

»Was ist denn mit dir?« schreit Kynsburg.

Sie wirft sich zu Boden.

»Was ist denn, so sag doch was!«

Anita schlägt um sich wie im Krampf. Sie versucht vergeblich, sich zu erheben, wie ein verwundetes Tier. Ihre Augen sind geschlossen. Auf dem Gesicht, den Schultern und auf den Armen beginnt sich brennende Röte auszubreiten. Kynsburg bückt sich, um Anita aufzuheben. Aber er bekommt den schweren Körper nicht in seine Arme. Irgendwie schafft er es, sie aufzurichten und ins Haus zu schleppen. Er bringt sie ins Schlafzimmer und legt sie aufs Bett. Sie gurgelt unverständliche Laute.

»Anita«, drängt er, »was ist denn bloß passiert?«

»Die Augen«, murmelt sie. Er glaubt jedenfalls, daß sie das gesagt hat. Die Augen.

Sie zittert unaufhörlich, ihre Zähne schlagen aneinander. Sie hat Schüttelfrost, denkt er und breitet eine Decke über ihren nackten Körper. Rasch zieht er sich seine Jeans an und läuft über den Hof ins Büro. Gott sei Dank liegt das Telefonbuch neben dem Apparat. F. Fa. Fo. Fr. Fü. Füllhorn Holger Dr. med. Er wählt, beim vierten Läuten wird abgenommen.

»Doktor Füllhorn.«

»Hier Wäscherei SAUBER-ZAUBER in Vogelsang. Kynsburg. Herr Doktor, ein Unfall. Ein schwerer Unfall. Frau Meerapfel. Bitte kommen Sie sofort!«

»Ja, was ist denn passiert?«

»Ich weiß nicht. Ich weiß gar nichts. Sie ist wie – wie verbrüht. Ich glaube, ohne Bewußtsein. Können Sie kommen?«

»Natürlich. Ich bin sofort da.«

Zehn Minuten später trifft der Arzt ein. Kynsburg erwartet ihn schon an der Haustür und führt ihn ins Schlafzimmer.

Anita Meerapfel liegt reglos, mit geschlossenen Augen. Sie atmet rasselnd. Naß und strähnig breitet sich ihr rotes Haar auf dem Kopfkissen aus. Die Gesichtshaut ist blasig gerötet. Die Verfärbung setzt sich über die Schultern auf Arme und Brust fort. Ein glühender, schwelender Flächenbrand. Sie steht unter Schock, denkt Kynsburg.

Die geschwollenen Lippen der Frau bewegen sich unaufhörlich. Füllhorn beugt sich hinab, und auch Kynsburg versucht, die gemurmelten Worte zu verstehen. Ist es ein Liedtext? Rosen, Tulpen, Nelken, alle Blumen welken. Dann wieder: Blut, Blut. Und mehrmals: Vergißmeinnicht.

Füllhorn prüft Puls und Blutdruck. »Nun sagen Sie mir mal, was eigentlich geschehen ist.«

Kynsburg berichtet, was er gesehen hat. »Sie wollte kalt duschen«, endet er, »und hat sich verbrüht. Das ist doch irre, Herr Doktor!«

Er blickt auf den reglosen Körper. »So helfen Sie ihr doch! Sie müssen doch etwas tun!«

»Hier kann ich nichts tun. Das sind, fürchte ich, Verätzungen. Sie muß in eine Spezialklinik. Ich gebe der Patientin jetzt eine Injektion, um den Kreislauf zu stabilisieren, und rufe dann einen Krankenwagen. Außerdem werde ich die Kripo benachrichtigen.«

»Die Kripo?«

»Sie sagten doch selbst: ein rätselhafter Unfall.«

Dr. Füllhorn zieht bedächtig eine Spritze auf. »Wo ist das Telefon, Herr Kynsburg?« fragt er, nachdem er der Frau die Injektion verabreicht hat. »Ich möchte jetzt die Anrufe erledigen.«

Kynsburg bringt den Arzt ins Büro. Während Füllhorn telefoniert, geht er ins Schlafzimmer zurück. Ihr Zustand ist unverändert. Hilflos starrt er auf reglosen Körper der Frau. Bald erscheint der Doktor wieder. Er will warten, bis der Krankenwagen eintrifft.

Kynsburg läuft ziellos durchs Zimmer, öffnet das Fenster, setzt sich wieder neben Anita, steht auf, schließt das Fenster, geht hinaus, kommt zurück und stellt Fragen, die auch der Arzt jetzt nicht beantworten kann.

Füllhorn versucht, ihn durch ein Gespräch abzulenken. »Wohnten Sie nicht unten in Abendröte? Ich habe doch ihre Frau mal wegen einer Gallenblasenentzündung behandelt.«

Kynsburg erwidert, er habe sich kürzlich von seiner Frau getrennt. »Es lief nichts mehr zwischen uns, rein gar nichts mehr. Als ich hörte, SAUBER-ZAUBER sucht einen Fahrer, bin ich gleich hin. Frau Meerapfel hat mir hier auch ein Zimmer überlassen. Da hatte ich erst mal eine Bleibe.«

Er seufzt. »Und jetzt?« Bedrückt fügt er hinzu: »Der Betrieb ist doch nichts ohne die Chefin. Wie soll das jetzt weitergehen?« Er schüttelt fassungslos den Kopf.

Es dauert fast noch eine halbe Stunde, bis endlich der Krankenwagen eintrifft. Der Notarzt vermutet ebenso wie Füllhorn eine Verätzung. Die Patientin muß in die Hautklinik gebracht werden. Kynsburg will mitfahren, doch Füllhorn rät ihm, hierzubleiben, schließlich müsse jemand die Kripo von dem Geschehnis informieren. Der Notarzt verspricht, Kynsburg mitzuteilen, wo und wann er die Patientin besuchen könne. Nachdem der Krankenwagen abgefahren ist, verabschiedet sich auch Füllhorn. »Machen Sie sich keine Sorgen. Unsere Hautärzte vollbringen heutzutage Wunder.«

»Danke, Herr Doktor, ich hoffe es ja auch.«

Aber nun, da er allein zurückbleibt, fühlt er alle Zuversicht schwinden. Die Angst packt ihn, daß er sich mit Anita niemals in den Wellen Mallorcas tummeln werde. Und dabei hatten sie doch schon alles für den gemeinsamen Urlaub dort vorbereitet.

An diesem Sonntag vormittag hat Kriminalwachtmeister Wirrwa Bereitschaftsdienst. Dem Anruf von Dr. Füllhorn konnte er lediglich entnehmen, daß in der Wäscherei SAUBER-ZAUBER ein unerklärlicher Unfall geschehen sei, mit schweren Verletzungen. Wieso unerklärlich, hatte Wirrwa gefragt, und überhaupt, was für ein Unfall eigentlich? Füllhorn hatte wiederholt, was er von Kynsburg erfahren hatte. Die Verätzung könne nicht auf natürliche Weise entstanden sein. Wirrwa verspricht, bald nach Vogelsang zu kommen.

Er ruft den Kommissar an. »Schon wieder Abendröte-Vogelsang. Zum dritten Mal«, wundert sich Kant. Er weist Wirrwa an, er solle sich zuerst einmal in der Wäscherei umsehen und ihm berichten. Dann wolle er entscheiden, ob auch sein Erscheinen dort notwendig sei.

Wirrwas Wagen nähert sich der Wäscherei. Er erblickt das weitgespannte Schild über dem Tor: SAUBER-ZAUBER. Wirrwa, der faktenbesessene Zweifler, mißtraut solchen vielversprechenden Firmennamen. SAUBER-ZAUBER, und dann womöglich ein Mordanschlag. FAULER ZAUBER würde eher passen, denkt er grimmig, als er in den Hof einfährt.

Wirrwa ist erstaunt, Kynsburg hier anzutreffen. Der Mann steht vor der Haustür und erwartet ihn. Wirrwa erinnert sich, wie dieser Muskelmann in Unterhemd und roter Trainingshose betrunken am Türpfosten lehnte, als er in der Mordsache Strabernack nach seinem Alibi befragt wurde. Und nun hier in Anzug, weißem Hemd und Schlips und nüchtern dazu, wie es scheint!

Kynsburg erzählt Wirrwa, was er auch schon dem Doktor erzählt hat. Er habe hier Arbeit und Unterkunft gefunden.

»Da hat Frau Meerapfel also einen neuen Menschen aus Ihnen gemacht«, stellt Wirrwa nicht ohne Ironie fest.

»Das hat sie. Und nun dieses schreckliche Unglück.« Wirrwa fordert Kynsburg auf, ihm den Geschehnisort zu zeigen. Sie verlassen den Hof, gehen am Wirtschaftsgebäude vorbei durch eine von Kletterrosen umrankte Pergola in den Garten.

Es ist ein weitläufiger Garten mit kurzgeschnittenem Rasen, Gesträuch und Bäumen. Kynsburg führt Wirrwa zu einer Gruppe Blautannen. Direkt unter den Tannen steht eine altertümliche Duschanlage. Auf einem mehr als zwei Meter hohem Gestell aus rotlackierten Eisenstangen ruht ein gleichfalls roter Metallkessel. Unten ragt eine kurze Brause aus dem Kessel. Der Kessel ist an ein Wasserrohr angeschlossen, das senkrecht in die Erde hinabgeht und unterirdisch weiterführt. Wirrwa erinnert sich, eine solche Apparatur früher in Schrebergärten gesehen zu haben, als Ersatz für eine Duschkabine. Aber daß ein moderner Mensch noch so ein Vehikel benutzt? »Haben Sie denn hier kein Badezimmer?«

»Schon. Aber Anita hat oft im Garten geduscht, sie hat so eine romantische Ader, wissen sie. Das Anwesen hat sie doch von ihren Großeltern geerbt. Und als Kind hat sie, wenn sie in den Ferien die Großeltern besuchte, diese Dusche benutzt. Und heute – sie sagt, Erinnerung an die Kindheit, Nostalgie, Understatement.«

Wirrwa läßt sich den Hergang des Unfalls genau beschreiben. Aber was Kynsburg berichten kann, sind nur die sichtbaren Folgen danach. In dem Kessel muß eine ätzende Flüssigkeit gewesen sein. Vielleicht eine Säure, mutmaßt Wirrwa. Wie ist sie in den Kessel gelangt? Sie kann sich wohl kaum im Leitungswasser selbst befunden haben. Das Gift muß in den Kessel gefüllt worden sein.

Wirrwa läßt sich eine Leiter bringen und klettert hoch. Auf der Oberseite des Kessels gibt es ebenfalls eine Öffnung, die mit einem Schraubversschluß versehen ist. Hier könnte die giftige Flüssigkeit eingegeben worden sein.

Kynsburg war, während er auf den Arzt wartete, zur Dusche gegangen. Er mußte annehmen, hier die Ursache des Unglücks zu finden. Noch immer lief Wasser aus der Brause. Anita Meerapfel hatte in ihrem Schreck natürlich den Hahn am Leitungsrohr nicht zugedreht. Wirrwa fürchtet, das nach dem Unfall noch lange weiterfließende Wasser könne alle Spuren eines Giftes mit weggespült haben. Es sei denn, im

Gras unter der Brause ließen sich noch minimale Spuren finden.

Wirrwa ruft Kant an. Er halte einen Unfall für ausgeschlossen. Hier sei vorsätzliche Körperverletzung oder sogar ein Mordanschlag zu vermuten. Kant will die notwendigen Untersuchungen veranlassen und selbst alles in Augenschein nehmen.

Wirrwa nutzt die Zeit, um die nächstgelegenen Häuser aufzusuchen und nachzufragen, ob die Nachbarn etwas beobachtet haben, was auf den Täter und die Tatvorbereitung hinweisen könnte. Niemand kann etwas vermelden. Die Wäscherei liegt doch zu abseits am Waldrand. Und gerade von hier hinten, vom Wald her, könnte der Täter gekommen sein.

Als dann Kant eintrifft, besichtigt er zuerst die nostalgische Duschanlage. Kynsburg wiederholt seinen Bericht. Die Techniker entnehmen dem Kessel eine winzige Menge Restwasser, aber auch einige Proben von Gras und Erde unter der Brause. Sie sichern Fingerabdrücke am Kessel und Schuhabdrücke vor dem Zaun am Waldrand. Kant bittet Kynsburg, einen starken Kaffee zu bereiten und ihm das Büro mit dem Telefon zu überlassen.

»Der neue Fall«, sagt Kant, »wirft alte Fragen auf. Fragen, die wir bisher nie beantworten konnten. Was den neuen Fall noch komplizierter macht. Sie sind doch auch der Meinung, Wirrwa, daß der Fall Meerapfel mit dem Fall Strabernack und dem Fall Knopf zusammenhängt?«

Wirrwa wundert sich über diese Frage. Kant scheint sich selbst seiner Vermutung nicht sicher zu sein. Zu Recht. »Bisher«, erwidert er, »haben wir nichts weiter, als daß in diesem Ort innerhalb eines Jahres zwei Morde und eine schwere vorsätzliche Körperverletzung passiert sind. Ich frage mich wirklich, was ein Stasi-Offizier, ein CDU-Abgeordneter und eine Wäscherei-Besitzerin gemeinsam haben, um Opfer eines – wie Sie wahrscheinlich vermuten – Serientäters zu werden.«

Kant denkt an Georgias Bemerkung, jedes menschliche Verhalten sei gegensätzlich interpretierbar. »Es gibt Serientäter, die morden wahllos, zufällig. Und andere haben eine ganz bestimmte Zielgruppe im Auge, wenn sie töten. Das klassische Beispiel: Jack the Ripper. Alle seine Opfer waren Prostituierte. Also wäre die Frage, was ist unsern drei Opfern gemeinsam, doch nicht abwegig!«

Wirrwa nickt bedächtig Zustimmung.

Kynsburg bringt den Kaffee. Er hat inzwischen erfahren, in welche Klinik Anita eingeliefert worden ist. Er darf sie aber noch nicht besuchen, ihr Zustand sei ernst. Kant befürchtet, auch er werde keine Sprecherlaubnis erhalten.

»Was erwarten Sie von einer Vernehmung?« fragt Wirrwa. »Sie wird gar nichts sagen können. Es ist über sie gekommen wie ein – ja, wie ein Blitz.«

»Sie hat Worte gemurmelt«, gibt Kant zu bedenken.

»Sinnloses Zeug«, erklärt Kynsburg.

»War es wirklich so sinnlos?«

»Dieser idiotische Stammbuchvers, Herr Kommissar. Alle Blumen welken, nur die eine welket nicht, und die heißt Vergißmeinnicht.«

»Merkwürdig.«

»So merkwürdig wiederum nicht. Dieser Spruch hängt in ihrem Büro. So eine beschriftete Schmuckfliese, Sie kennen sie sicher.«

»Ja doch. Aber darin ist von Blut nicht die Rede. Und geblutet hat Anita doch auch gar nicht!«

»Das schon. Aber sie konnte nichts sehen. Vielleicht hat

sie es vermutet.«

»Und was bringt uns das?« fragt Wirrwa.

»Ich weiß es nicht. Möglicherweise hat sie noch andere Worte gesagt?«

»Möglich«, räumt Kynsburg ein.

Kant ruft in der Hautklinik an. Er erfährt nur, daß der Zustand der Patientin kritisch sei. Es würde der weiteren Behandlung dienlich sein, wenn die Substanz bekannt wäre, die die Verätzungen bewirkt hat. Kant verspricht dem behandelnden Arzt, ihm umgehend das Ergebnis der chemischen Untersuchung mitzuteilen – falls ein Ergebnis zustande komme.

Es ist bereits Nachmittag, als Kant nach Hause fährt. Er fühlt einen dumpfen Druck in der Brust. Der Magen ist wie mit Zement ausgefüllt. Eine tiefe Depression hat ihn befallen. Hartnäckig klammert er sich an seine Vermutung, es müsse für die drei Opfer einen gemeinsamen Nenner geben. Versagt er zum dritten Mal und findet den Täter nicht, wird das Morden kein Ende nehmen. Und er selber muß sich im Kampf mit dem Unbekannten geschlagen geben. Er glaubt, eine solche Demütigung nicht ertragen zu können. Noch kann er keinen brauchbaren Hinweis vom Opfer selbst erhalten. Nur die wenigen Worte stehen ihm zur Verfügung, die Kynsburg und Dr. Füllhorn gehört haben. Sind es sinnlose Worte, wie man sie im Schlaf oder im Schockzustand äußert?

Er stellt Georgia diese Frage, nachdem er sie mit dem Sachverhalt vertraut gemacht hat.

»Sie können sinnlos sein«, meint sie. »Das Bewußtsein war weitgehend ausgeschaltet. Vielleicht wie im Traum. Traumbilder können zufällig und sinnlos sein. Sie können aber auch gleichnishafte Bedeutung haben. Was hat denn die Frau gesagt?«

»Du kennst doch diesen Spruch: Rosen, Tulpen, Nelken, alle Blumen welken …«

»… nur die eine welket nicht, und die heißt Vergißmeinnicht. Habe ich oft genug in den Poesie-Alben meiner Schüler gelesen.«

»Wie? Heute noch?«

»Seltsam, nicht wahr, im Zeitalter der Videos.«

»Und dann noch ein Wort: Blut.«

»Irgendwie unheimlich. Soll ich erst einmal etwas zum Abendessen machen?«

»Jetzt nicht. Bring uns lieber einen Sherry. Und denken wir noch mal gemeinsam nach.«

Georgia holt den Sherry Cream. Kant schenkt reichlich ein. »Das ist aber keine englische Damenportion, Harry.«

»Eine Damenportion brächte unsere Phantasie nicht genügend in Schwung!«

Sie denken über die Worte nach, die ihr Gedächtnis gespeichert hat. Sie warten auf eine Offenbarung. Und zweifeln an der Bedeutung der Wörter. Sie spielen damit wie mit einem Puzzle, verschieben sie, kombinieren sie miteinander, stellen neue Zusammenhänge her. Vergißmeinnicht. Mein Blut. Nicht mein Blut. Vergiß mein Blut nicht. Nelken welken. Alle Blumen welken. Alles welkt. Das Leben welkt dahin. Vergiß. Das große Vergessen. Blumenblut. Ist doch Unsinn alles! Blutblume. Ah – Blutblume könnte ein Zeichen für die vermeintliche Verletzung sein. Nein, das ist zu weit hergeholt. Tulpen. Blöder Name für eine schöne Blume, was? Tulpe sagt schließlich gar nichts. Doch, ein gestieltes Bierglas. Zu profan. Warum denn zu profan? Dann ist alles zu profan. Rosen. Rose hat die höchste Symbolkraft. Rosen welken. Schon dagewesen. Vergiß meine Rosen nicht. Blutrosen. Rosenblut.

»Rosenblut!« sagt Kant leise. »Sie hat Rosenbluth gemeint.« Und erschrickt im Augenblick des Triumphs vor den Folgen dieses Phantasiespiels. »Ich kann es nicht glauben. Es paßt zu gut zusammen, wie zwei komplizierte Puzzleteile.«

Montag, 10. August 1992

Der Oberstaatsanwalt stößt die erst halb aufgerauchte Zigarre heftig in den Messingascher. Sie zerbirst knirschend. Hollergschwandtner ist wütend, daß ihn am Montag vormittag – nach mehrstündigem Stau – ein Fall erwartet, der ziemlich böse aussieht. »Magere Fakten und haltlose Spekulationen!« rügt er. »Sie können von Glück sprechen, Kommissar, daß wir unterbesetzt sind. Sonst würde ich den Fall einem andern Mitarbeiter übergeben.«

»Vielleicht wäre das gerade ein Glück«, erwidert Kant gleichmütig.

Hollergschwandtner blickt ihn schweigend an. Besänftigt sagt er, er zweifele nicht an Kants Kompetenz. Aber die Presse sei hellhörig und werde ihn fragen, wie er in Zukunft die Einwohner von Abendröte-Vogelsang gegen einen Serienmörder schützen wolle. Gegen einen Wahnsinnigen, fügt er hinzu.

Kant hat inzwischen noch einmal darüber nachgedacht. »Ich glaube, ein wahnsinniger Serienmörder hat stets denselben modus operandi. Er tötet immer auf die gleiche Weise. Unser Täter aber geht jedesmal anders vor: Müllkippe, Kalkgrube, Dusche. Ein Opfer wird hinabgestürzt, eins erstickt, eins verätzt. Natürlich ist er in landläufigem Sinn abartig, ein pathologischer Fall. Doch er gehorcht bei seinen Taten einer noch unbekannten zwingenden Logik.«

»Danke für eine solche Logik! Und Presse und Öffentlichkeit machen solch feine Unterschiede schon gar nicht. Also! Morgen will ich ein erstes Ergebnis. Über zusätzliche Kräfte läßt sich reden.«

Als Kant in sein Arbeitszimmer zurückkehrt, erwartet ihn Wirrwa mit zwei Nachrichten. Anita Meerapfels Zustand hat sich verschlechtert. Mit Sicherheit wird sie erblinden. Die chemische Analyse der Wasser- und Bodenproben war wegen der äußerst hohen Verdünnung sehr schwierig. Die Verätzung wurde durch Natriumhydroxid hervorgerufen. »Natriumhydroxid war mir völlig fremd, Herr Kommissar. Ich habe es mir erklären lassen. Es ist die Grundsubstanz einer Art Reinigungsmittel. Man verwendet es zum Beispiel bei verstopftem Abfluß von Badewannen und Toiletten und überhaupt in Abflußrohren. Es ist ein Granulat. In Verbindung mit Wasser wird es auf eine tumultartige Weise aktiv, schäumt, brodelt, entwickelt Hitze.«

Kant erinnert sich an den Chemieunterricht. Der Chemielehrer warf ein Stück Natrium in einen Glaskolben. Das Natrium zischte wie ein feuriger Komet durchs Glas.

»Auf der Haut ruft diese Flüssigkeit Verätzungen hervor.«

»Und woher bezieht man dieses Natriumhydroxid?«

»Das gibt es in jeder Drogerie. Und im Supermarkt.«

Na dann Glück auf! Die berühmte Nadel im Heuhaufen.

Hollergschwandtner gibt uns zusätzliche Kräfte. Sie sollen die Herkunft des Zeugs ermitteln. Vielleicht wurde es sogar in der Wäscherei selbst verwendet. Die Meerapfel ist noch immer nicht vernehmungsfähig. Ich will Doktor Füllhorn fragen, ob er mehr gehört hat als Kynsburg. Sie wissen, Rosen, Tulpen, Nelken ...«

Wieder schreitet Birgit Füllhorn, die Künstlerin, majestätisch die Treppe herab. Heute trägt sie ein knöchellanges dunkelblaues Gewand, das mit silbernen Sternen bedeckt ist. »Welch eine Freude, Herr Kommissar!«

Und wieder lauscht der Kommissar ihrer rauchigen Stimme, die ihn so erregt. Und wieder auch fragt er sich, ob diese Frau mit ihrem Temperament und ihrer Gefühligkeit nicht eher in Rosenbluths bizarre Welt gehört als in die ihres sachlichen,sanften Mannes. Nun ist sie unten angelangt und reicht ihm gnädig die Hand. »Leider kann ich mir nicht schmeicheln, daß Ihr Besuch mir gilt, nicht wahr?«

»Sie zu sehen, ist mir ein willkommenes Zusatzprogramm«, sagt Kant, und er meint wirklich, was er da sagt.

»Wußte ich's doch. Mein Mann hat noch Sprechstunde. Er wird gleich kommen.«

Sie öffnet Kant die Tür zum Arbeitszimmer und entfernt sich mit bedeutsamem Lächeln. Und wieder steht Kant, teils neidvoll, teils bewundernd, vor den Bücherregalen. Dr. Füllhorn scheint auch philosophische Interessen zu haben. Aristoteles, Seneca, Paracelsus, Hegel neben Schopenhauer, Marx, Nietzsche, Sartre, Bloch sind zu finden. Was weiß ich noch über Hegel, fragt sich Kant und denkt etwas wehmütig an sein abgebrochenes Philosophiestudium. Alles vergessen. Nur hier und da noch einen Satz in Erinnerung. Wieder mal Schopenhauer lesen – über den Widerspruch zwischen dem, was ein Mensch ist und welchen Rollen er in der Gesellschaft unterworfen ist. Paracelsus – Ausgewählte Schriften. Er zieht das Buch heraus. Mystische Naturphilosophie mit rationellem Kern, sagte Bloch damals in seiner Paracelsus-Vorlesung. Kant schlägt das Buch auf. PHILOSOPHIA ADEPTA heißt das Kapitel. Bleistiftstriche neben dem Text. Kant liest: »Die Natur zeichnet ein jegliches Gewächs zu dem, daß es gut ist. Darum, wenn man erfahren will, was die Natur gezeichnet hat, so soll man's an den Zeichen erkennen … daß alle Kräfte, so in den natürlichen Dingen sind, durch die Zeichen erkannt werden. Denn nichts ist ohne ein Zeichen. Nichts ist so Heimliches im Menschen, das nicht ein auswendig Zeichen an ihm hat…« Nun weiß Kant es wieder, was hinter diesen dunklen Sätzen steht. Gemeinsame Zeichen verbinden die unterschiedlichsten Dinge miteinander. So behauptet Paracelsus, daß die Blätter der Distel wie Nadeln stechen und deshalb gegen inwendiges Stechen gut seien als Heilmittel. »Alles beruht auf der Konkordanz der Dinge, die einander gleichen und zusammengehören.« Beschäftigt sich Dr. Füllhorn etwa auch mit Naturheilkunde, oder praktiziert er sie sogar?

»Auch ein Bücherwurm, Herr Kommissar?«

Kant schreckt auf. Dr. Füllhorn steht in der Tür.

»Entschuldigen Sie«, sagt Kant und stellt den Paracelsus ins Regal zurück.

»Was gibt es da zu entschuldigen, Herr Kommissar, vor allem, wenn Philosophie Sie interessiert. Ich finde es, ehrlich gesagt, allerdings erstaunlich.«

»So erstaunlich wiederum nicht, Herr Doktor. Ehe ich zur Kripo geholt wurde, hatte ich Philosophie studiert. Bloch las auch über Paracelsus. Das war, glaube ich, 1954.«

»Dann sind Sie bestimmt der philosophisch erfahrenste Kriminalist. Oder der kriminalistisch erfolgreichste Philosoph – um diesen Kalauer wieder einmal zu strapazieren.«

»Danke. Ich wünschte, ich wäre es. Im Augenblick erweist sich die Philosophie für mich als ebenso untauglich wie die Kriminalistik.«

»Das kann ich Ihnen nachfühlen. Sie meinen sicher diese böse Geschichte im SAUBER-ZAUBER.«

»Ich will Sie nicht lange von Ihrer Sprechstunde fernhalten, Herr Doktor. Frau Meerapfel ist immer noch nicht vernehmungsfähig. Aber Sie haben gehört, wie sie einige Worte gemurmelt hat.«

In Dr. Füllhorns Erinnerung sind es die gleichen Worte, die auch Kynsburg genannt hat. Nur ein neues Wort ist dabei: Wasser. Hastig überlegt Kant eine neue Verbindung: Rosenwasser. Wasserblut. Blutwasser. Unsinn das alles. Es ist nur natürlich, daß Anita Meerapfel das brennende Duschwasser meinte. Trotzdem entschließt er sich, Dr. Füllhorn von seinem Wort-Puzzle zu erzählen. Füllhorn äußert Bewunderung für einen solchen Einfall. Erst als Kant die Wortverbindung Rosen-Blut nennt, erstarrt Füllhorns beifälliges Lächeln.

»Herr Kommissar, wollen Sie meinen Freund erneut verdächtigen? Herr Rosenbluth ist nicht der Mensch, Streitigkeiten auf solch eine Weise auszutragen! Prozessieren – ja. Aber Gewalt – nein!«

»Hatte er denn Differenzen mit Frau Meerapfel?«

»Herr Kommissar, ich möchte in Abwesenheit meines Freundes nicht darüber sprechen. Bitte befragen Sie ihn selbst. Natürlich stehe ich Ihnen außerhalb der Sprechstunde jederzeit zur Verfügung.«

Kant findet Rosenbluth endlich im Stillen Tal, unten, im Talgrund am Teich. Er steht am Ufer und zieht einen Kescher durchs Wasser.

»Beim Fischfang, Herr Rosenbluth?«

Der Maler wendet sich um. Er blickt Kant grimmig an. »Beim Fischfang. Ganz recht, Herr Kommissar!« Er deutet aufs Wasser. Fische treiben in Seitenlage auf der Oberfläche. Milchige Augen starren ins Leere. Viele sind vom Druck der Verwesungsgase geplatzt. Aus den Spalten ringelt sich

Gedärm. Neben Rosenbluth liegt bereits ein Haufen toter Fische. »Ein erfolgreicher Fischzug, nicht wahr, Herr Kommissar?«

Die verwesenden Forellen verbreiten einen widerlichen Geruch. Kant würgt es. Er fürchtet, erbrechen zu müssen. Rosenbluth lächelt erhaben. Er wirft den Kescher hin und setzt sich neben den stinkenden Fischberg. Er blickt aufs Wasser und sagt:

»Von den Zweigen fallen
die Fische
zurück ins Wasser, ins
vergiftete, dem sie schon entsprungen
zu sein glaubten.

Diesen Vers schrieb ich vor einem Jahr, als dasselbe passierte. Dasselbe Verbrechen. Und die Rückfalltäterin heißt Meerapfel!«

Sich immer wieder mit Beschimpfungen der Sauber-Zauber-Dame unterbrechend, schildert Rosenbluth den Hergang der Tat. Der Forellenteich wird vom Bach gespeist, der durch den Talgrund fließt. Der Bach entspringt Quellen auf der Berghöhe von Vogelsang. Er führt auch durch das Grundstück der Meerapfel. Im vergangenen Jahr wurde in SAUBER-ZAUBER eine Reinigungsmaschine abgebaut und das Lösungsmittel Perchlorethylen in den Bach gekippt. Rosenbluth und Füllhorn als Besitzer des Fischteichs hatten wegen des Fischsterbens auf Schadenersatz geklagt. Die Meerapfel hatte gezahlt. »Und nun wieder die gleiche Scheiße! Anscheinend kommt die Meerapfel der Schadenersatz billiger als eine ordnungsgemäße Entsorgung! Aber jetzt hat sie ihre Strafe erhalten. Verrecken soll sie. Elendiglich, wie unsere Fische!«

Rosenbluth greift wieder zum Netz. Schweigend sieht ihm Kant zu.

Ein unglaublicher Verdacht hat ihn plötzlich ergriffen. Würde ein Täter sich ihm gegenüber so offen seiner Tat rühmen?

»Wie hat Doktor Füllhorn auf das erneute Fischsterben reagiert?«

Rosenbluth zieht wieder mehrere Fische aus dem Wasser. »Wie schon! Wie immer. Auf die feine englische Art, in vornehmer Gelassenheit. Der Doktor legt sich nicht so schnell mit jemandem an. Da muß ich schon die Initiative ergreifen, damit er dann zögernd nachzieht. Nur mit niemandem sich anlegen! Er resigniert zu schnell, statt sich zu wehren.«

Erneut dieses Würgen in der Kehle. Der Gestank der Kadaver.

»Tut mir leid um Ihre Fische«, sagt Kant und verläßt rasch den Teich. Während er die Wiese emporgeht, an Rosenbluths und Füllhorns Bungalow den Weg überquert und weiter dem Waldrand gegenüber zustrebt, überschlagen sich seine Gedanken. Er setzt sich am Waldrand nieder, im Schatten. Es ist brütend heiß. Kant zieht sich das Jackett aus und lockert den Schlips. Unten auf dem Weg rattern zwei mächtige Bagger vorüber. Rosenbluth steht noch immer am Teich. Rosen, Tulpen, Nelken, Blut. Rosen-Blut. Vielleicht hat die Meerapfel doch an Rosenbluth gedacht? Ihn für den Attentäter gehalten, denn er war die treibende Kraft in der Schadenersatzklage gewesen. Rosenbluth ist damals den gesetzlichen Weg gegangen. Hat er diesmal Selbstjustiz geübt? Aber alle Schäden, die Rosenbluth erlitt, trafen auch Dr. Füllhorn: die Trockenlegung des Tals, die Zerstörung der Flora und Fauna, das Versiegen der Quelle an den Bungalows, die Vergiftung des Teiches. Wenn nun Dr. Füllhorn der Rächer wäre, der gelassene liebenswürdige Doktor Füllhorn? Hätte er nicht das gleiche Motiv wie der mehrfach verdächtigte Rosenbluth?

Ein Motiv, das einen soziopathischen Menschen zu gewaltsamen Handlungen treiben könnte? Kant warnt sich vor übereilten Schlüssen. Hätte Füllhorn denn auch Gelegenheit gehabt, die Anschläge durchzuführen? Erstens der Fall Knopf. Am Todestag Knopfs war Füllhorn auf der Müllkippe gewesen, aber mittags, als Knopf noch lebte. Ist er abends noch mal zur Kippe zurückgekehrt? Wir wissen es nicht. Aber es wäre möglich. Zweitens der Fall Strabernack. Füllhorn hat Rosenbluth das Alibi für die Tatzeit gegeben. Wir haben versäumt, umgekehrt zu fragen, ob Rosenbluth dem Doktor ein Alibi geben könnte, denn Füllhorn war nur nach seiner eigenen Angabe während der Tatzeit in seinem Arbeitszimmer.

Drittens der Fall Meerapfel. Es ist nicht feststellbar, wann die ätzende Substanz in den Kessel hineingegeben worden ist. Mit Sicherheit irgendwann nachts. Irgendwann – das könnte vor oder nach einem nächtlichen Krankenbesuch gewesen sein.

In summa: In allen drei Fällen hätte Füllhorn möglicherweise Gelegenheit gehabt, die Tat zu begehen.

Aber warum ging der Täter so umständlich und grausam vor? Verrecken soll sie, wie unsere Fische! hatte Rosenbluth gewünscht. Hat Füllhorn diesen Wunsch verwirklicht? Die Meerapfel hat die Fische getötet, sollte sie deshalb auch getötet werden? Auf gleiche Weise? »Alles beruht auf der Konkordanz der Dinge, die einander gleichen.« Paracelsus. Hier scheint die Übereinstimmung hergestellt. Die Meerapfel hat das Wasser vergiftet. Also sollte auch sie durch vergiftetes Wasser sterben. Und Strabernack? »Daß alle Kräfte durch die Zeichen erkannt werden«, hatte Paracelsus gesagt. Wofür ist sein Tod ein Zeichen? Kant sieht die mumienhafte Leiche vor sich. Strabernack hat das Stille Tal trockengelegt. Also wurde auch er ausgetrocknet, in seinem Kalkgrab. Es paßt alles zusammen. Es paßt zu gut zusammen, ruft sich Kant erneut zur Ordnung. In meiner Phantasie paßt immer alles ideal zusammen, auch als ich Rosenbluth verdächtigte. Und schon wieder habe ich eine neue Theorie parat: Jemand straft jemanden auf die gleiche Weise, wie er gesündigt hat. Das ist eine archaische Form der Rache. Als Gedankenspiel könnte ich sie noch irgendwie verstehen. Aber die Rache wirklich zu vollstrecken – das tut kein moderner zivilisierter Mensch. Warum nicht, warum sollte er das nicht tun? Das menschliche Hirn ist noch ein Steinzeitgehirn, mit vielen finsteren, blutigen Winkeln. Das Unvorstellbare daran ist, daß Doktor Füllhorn ein solcher Steinzeitmensch sein soll, dieser freundliche, hochgebildete, hilfsbereite Arzt! Soll er es sein, der ein magisches Modell als Mordrezept mißversteht?

Hin und her gerissen zwischen Verdacht und Zweifel, hält es Kant nicht länger am Waldrand. Er muß Doktor Füllhorn sehen, ihn sprechen, sich mit einigen unverfänglichen Fragen ins Dickicht des Verdachts vortasten.

Als ihm Frau Füllhorn bedauernd mitteilt, ihr Mann sei zu Krankenbesuchen unterwegs, weiß Kant nicht, ob das eine glückliche oder unglückliche Fügung ist.

»Die Krankenbesuche«, sagt Kant voller Mitgefühl, »die Krankenbesuche nehmen sicher viel Zeit in Anspruch.«

»Es hält sich in Grenzen, Herr Kommissar.«

»Auch nachts?«

»Auch nachts sind sie nicht so häufig, wie Sie vielleicht denken.«

Nicht so häufig. Sie müßte sich also erinnern. Er muß die nächste Frage stellen, er erstickt fast an seinem Verdacht.

»Und in den letzten Nächten? War Ihr Mann da auch unterwegs?«

Sie blickt ihn verwundert an. »In den letzten Nächten?« Sie

denkt nach. Ein leiser Argwohn scheint in ihr aufzusteigen. »Ist das denn von Bedeutung, Herr Kommissar?«

»Möglich, Frau Füllhorn.«

»Und wofür, wenn ich fragen darf?«

»Sie wissen, wir ermitteln in der Sache Meerapfel. Es ist anzunehmen, daß der Täter nachts auf das Gelände von SAUBER-ZAUBER eingedrungen ist. Möglicherweise könnte der Doktor, wenn er nachts unterwegs gewesen wäre, zufällig etwas Sachdienliches bemerkt haben. Wie damals in der Nacht, als Strabernack ermordet wurde.«

»Ich verstehe, Herr Kommissar.« Sie nickt zustimmend, sie hat anscheinend die Erklärung geschluckt. »Unterwegs war er schon. Aber wann? Ich kann es Ihnen leider wirklich nicht sagen. Sie müssen ja sowieso meinen Mann selber fragen.«

»Danke, das wird noch geschehen. Ich habe dann eine noch etwas merkwürdige Bitte. Ihr Mann besitzt eine Paracelsus-Ausgabe. Ein bestimmter Satz geht mir nicht aus dem Sinn. Ich hätte ihn gern noch einmal wörtlich gehabt. Gestatten Sie mir, ihn nachzulesen?«

Sie öffnet ihm das Arbeitszimmer, er möge sich das Buch herausnehmen. Sie bleibt auf der Schwelle stehen, während Kant das Buch aus dem Regal nimmt und aufschlägt. Noch einmal liest er die lapidaren Sätze, deren Sinn er längst zu verstehen glaubt. »Nichts ist ohne ein Zeichen. Nichts ist so Heimliches im Menschen, das nicht auswendig ein Zeichen an ihm hat.«

Und neben diesen Sätzen die Merkstriche am Rand. Es ist nicht anders, es muß so sein. Das auswendige Zeichen an Strabernack, das auf sein Inwendiges hinweist: die Austrocknung. Das auswendige Zeichen an der Meerapfel, das auf ihr Inwendiges weist: vergiftetes Wasser.

Kant klappt das Buch zu und stellt es ins Regal zurück.

»Haben Sie gefunden, was Sie suchten?«

»Danke, ja. Ich glaube schon.«

Dienstag, 11. August 1992

»Nun bleibt mir auf 'm Teppich, dös spinnerte Zeug geht net auf!« ruft Hollergschwandtner unwillig. »Erstens: Wie paßt der Tod des Stasi-Mannes in Ihre Hypothese? Zweitens: Paracelsus als Anleitung zum Mord! Lächerlich!«

»Die Bibel droht ebenfalls Analogie-Strafen an. Auge um Auge, Zahn um Zahn.«

»Das wird ja immer schöner! Wollen Sie jetzt auch noch die Bibel für diese abscheulichen Verbrechen verantwortlich machen?«

»Was mir völlig fern liegt, Herr Oberstaatsanwalt. Ich verweise lediglich auf altertümliche Prinzipien, die wieder auferstehen und ...«

»... und drittens: Ihr Verdächtiger ist Arzt. Ein Arzt, Mann! Ein, wie Sie selbst zugeben, guter und sympathischer Arzt!«

»Herr Oberstaatsanwalt, ich verstehe Ihre Zweifel. Es sind auch die meinen. Mein Verdacht ist noch nicht durch Fakten untermauert, er ist tatsächlich noch reine Hypothese. Aber Ihren letzten Einwand kann ich nicht teilen, er ist rein psychologischer und sozialer Natur. Ein sympathischer Mensch, ein beliebter Arzt kann doch kein Mörder sein. Die Kriminalgeschichte ist voll von Mördern, die sympathische Mitmenschen waren, gut angepaßte Bürger, wohlanständige Familienväter. Jede Gesellschaft, ob die realsozialistische oder die kapitalistische, liebt den angepaßten Bürger, der keinen Ärger macht und alles akzeptiert, wie es ist. Aber eine solche Anpassung wird teuer erkauft: durch den Verlust an Selbstbehauptung und notwendigem Widerstand gegen jegliches Unrecht, das die Gesellschaft begeht. Wut, Zorn, Haß gegen solches Unrecht sind doch ganz natürliche Affekte. Der angepaßte Mensch muß sie ständig unterdrükken. Das führt zu einem schwelenden Dauerkonflikt mit der Umwelt. Und eines Tages lodern die Flammen offen auf. Dann wundert sich die Umwelt: Dieser ruhige sympathische Mensch soll ein Mörder sein?«

»Ihre Belehrung beeindruckt mich tief, Herr Verteidiger!« erwidert Hollergschwandtner ironisch. »Sie ist mir aus unzähligen Plädoyers bekannt. Aber dieser Mörder ist kein Affekttäter, bei dem irgendwann eine Sicherung durchgebrannt ist. Er hat seine Anschläge eiskalt geplant.«

Kant hat von einem Dauerkonflikt des Täters mit seiner Umwelt gesprochen, und er hält deshalb auch kühl berechnete Verbrechen für denkbar. Aber schließlich ist es gleichgültig, welche Motive den Täter treiben. Zuerst einmal muß der Täter überführt werden. »Gestatten Sie mir eine Hausdurchsuchung bei Doktor Füllhorn?«

»Ich möchte mich nicht blamieren. Solange keine handfesten Beweise gegen den Doktor vorliegen, keine Durchsuchung!«

Hollergschwandtner seufzt. »Ein verteufelter Fall. Ich will ja Ihren Verdacht nicht grundsätzlich in Frage stellen. Aber zuerst wünsche ich eine sehr vorsichtige Befragung des Mannes. Lückenloser Zeitplan der letzten Tage und so weiter. Klar?«

»Klar, Herr Oberstaatsanwalt.«

Hollergschwandtner steht auf. Auch Kant erhebt sich. Als er das Zimmer verlassen will, sagt Hollergschwandtner: »Ich wünschte, es wäre Füllhorn. Damit wir endlich einen Täter vorweisen können.«

Und endlich das Morden aufhört, denkt Kant.

Wirrwa trifft ein und berichtet, die Nachforschungen in Drogerien und Supermärkten der näheren Umgebung hätten bisher nichts Brauchbares über den Kauf von Natriumhydroxid erbracht. Kant informiert Wirrwa über seinen Verdacht und das Gespräch mit dem Oberstaatsanwalt und über dessen Anweisung, Füllhorn vorsichtig zu befragen. Wirrwa zeigt sich leicht verwirrt über diese Wendung, enthält sich aber unerwartet jedes skeptischen Kommentars. Kant schließt daraus, daß Wirrwa nicht grundsätzlich seinen Verdacht bezweifelt.

»Sie überbringen jetzt Doktor Füllhorn die Vorladung für heute nachmittag.«

»Hier im Amt?«

»Das erspart uns den Austausch von Höflichkeiten.«

»Gut, dann will ich mal los.«

Aber dazu kommt es nicht mehr. In der Türöffnung prallt Wirrwa mit Hollergschwandtner zusammen. »Wo wollen Sie hin?« fragt der und reibt sich die Stirn.

»Verzeihung, Herr Oberstaatsanwalt. Ich will jetzt zu Doktor Füllhorn.«

»Alles abgeblasen«, sagt Hollergschwandtner. Er läßt sich ächzend auf einen Stuhl fallen. »Doktor Füllhorn ist heute nacht ermordet worden.«

Kant fühlt eine Leere im Kopf, als würde er gleich ins Koma fallen. Kalte schwarze Leere. Blutdruckabfall. Er atmet tief und legt den Kopf hintüber in den Nacken. Ganz von fern, wie durch Watte, hört er Hollergschwandtners Stimme: »Er ist auf der Müllkippe gefunden worden, in seinem Auto. Mit eingeschlagenem Schädel.«

Auf der Müllkippe, denkt Kant schwerfällig. Auf der Müllkippe. Alles rundet sich. Alles beginnt von vorn. Der vierte Anschlag. Der dritte Tote. Ich bin auch wie tot. Die schöne Theorie vom magischen Mord. Füllhorn, der Mörder – ein idiotischer Irrtum. Hollergschwandtner kann triumphieren. Hollergschwandtners mächtige Gestalt taucht neben ihm auf. Kant fühlt einen derben Stoß an der Schulter. »Mann, worauf warten Sie noch? Auf, auf! Zum Tatort! Ich habe schon alles eingeleitet.«

Kant erhebt sich mühsam. »Herr Oberstaatsanwalt, ich bitte, mir den Fall abzunehmen.«

Noch ein Stoß an der Schulter. »Darüber reden wir später. Los jetzt!«

Kant trottet hinter Hollergschwandtner her. Auf der Treppe wendet sich der Oberstaatsanwalt um. »Jetzt verstehe ich, warum Sie in dieser Mordserie bisher kein Glück hatten. Da ist ein Irrer am Werk.«

Und wieder in der Anti-Welt. Ein Jahr ist seit Knopfs Tod auf der Müllkippe vergangen. Ja, Knopf. Sein Tod hätte sowieso nicht in meine Täterhypothese gepaßt, denkt Kant. Was für ein Zeichen sollte sein Tod gewesen sein?

Und wieder auch die gleiche Frage: Was verbindet die vier Opfer miteinander? Einen Stasi-Offizier, einen Abgeordneten, eine Wäschereibesitzerin und nun noch einen Arzt? Und warum wiederholt sich nun plötzlich ein Tatort?

Mitten auf der Talsohle, nahe am stinkenden schwarzen Tümpel, steht Füllhorns Wagen. Die Fahrertür ist offen. Kant und Hollergschwandtner treten näher. Dr. Walthari, der die beiden schon erwartet, schließt sich an.

Der Tote sitzt vornübergesunken auf dem Fahrersitz. Der blutige Schädel ruht auf dem Lenkrad. Der linke Arm hängt herab. Kant sucht nach Blutspuren zu Füßen der Leiche.

»Sie werden vergeblich suchen, Herr Kant«, sagt Dr. Walthari. »Er ist nicht in seinem Wagen zu Tode gekommen.«

»Aber es wurde uns so gemeldet«, entgegnet Hollergschwandtner. »Auf den ersten Blick sieht es so aus. Aber die Blutabrinnspuren fehlen. Er ist außerhalb des Wagens getötet und dann auf den Sitz gebracht worden. Wenn ich meine Vermutung äußern darf – vorbehaltlich des Obduktionsberichtes –, dann ist Herr Kollege Füllhorn auf die gleiche Weise zu Tode gekommen wie dieser Mann im vergangenen Jahr.«

»Den Felsen hinuntergestoßen?« fragt Hollergschwandtner.

Verwirrt überlegt Kant, warum sich nicht nur der Tatort, sondern auch die Ausführung des Mordes wiederholt.

»Sie werden bestimmt eine Aufschlagstelle finden«, fährt Dr. Walthari fort.

»Wann trat der Tod ein?«

»Genaueres im Bericht. Ich schätze, gestern nacht gegen zweiundzwanzig Uhr.«

Hollergschwandtner nickt mechanisch. Er fragt: »Warum hat der Mörder wieder nicht die Leiche dort belassen, wo sie aufschlug?«

Er richtet die Frage an niemanden. Und Kant wüßte auch keine Antwort.

In diesem Augenblick kommt ein Auto die steile Zufahrtstraße herab. Es hält neben dem Wagen des Toten. Die Fahrertür wird geöffnet, Rosenbluth erscheint. Er geht um den Wagen herum, öffnet die Beifahrertür und ist Birgit Füllhorn beim Aussteigen behilflich. Schlaff und bleich hängt sie an Rosenbluths Arm. Nach ihr verläßt Wachtmeister Schlenkrich den Wagen. Er hat Frau Füllhorn zur Identifizierung des Toten geholt.

Kant reicht ihr die Hand. »Es tut mir unendlich leid.«

Sie nickt stumm. Von Rosenbluth geleitet, tritt sie zu Füllhorns Wagen und starrt schweigend auf die Leiche. Dann wendet sie sich ab und sagt, es sei ihr Mann.

»Sind Sie in der Lage, mir einige Fragen zu beantworten?«

»Herr Kommissar!« wütet Rosenbluth mit schneidender Stimme. »Sehen Sie denn nicht, daß sie völlig kaputt ist? Wenn Sie etwas wissen wollen, fragen Sie mich! Ich weiß nicht weniger und nicht mehr als Frau Füllhorn! Aber lassen Sie sie jetzt bitte in Ruhe!«

Fürsorglich geleitet Rosenbluth Birgit Füllhorn zu seinem Wagen, schließt sanft die Tür und kehrt zu Kant und Hollergschwandtner zurück.

»Ich stehe zur Verfügung, Herr Kommissar.«

»Was wissen Sie über die letzten Lebensstunden des Doktors?«

Rosenbluths Bericht bringt neue Überraschungen.

Gestern nacht gegen dreiundzwanzig Uhr rief Frau Füllhorn ihn an und teilte ihm mit, daß ihr Mann verschwunden sei. Rosenbluth suchte sie sofort auf, um sie zu beruhigen. Noch glaubte er, der Doktor habe sich bei Krankenbesuchen verspätet. Aber sie sagte, er sei zu keinem Krankenbesuch unterwegs. Er habe sich gegen zwanzig Uhr von ihr verabschiedet. Er sei sehr erregt gewesen und habe gesagt, er wisse jetzt, wer Strabernack getötet und die Meerapfel verletzt habe. An diesem Abend wolle er sich den letzten Beweis verschaffen. Er müsse sich noch mit jemandem treffen. Rosenbluth zweifelt nicht daran, daß das der Mörder gewesen sei.

Am Abend legt Kant dem Oberstaatsanwalt die ersten Ergebnisse der Spurensicherung vor.

»Weit entfernt von der Fundstelle des Füllhornschen Wagens, nahe einer Felswand, ist Füllhorns Körper aufgeschlagen. Die ausgedehnte Blutlache ist mit herumliegenden Steinen bedeckt worden. Füllhorns Wagen, der nahe dem Tümpel auf der Talsohle gefunden wurde, hat ursprünglich oben am Rand des Felsenkessels gestanden, dort, von wo Füllhorn hinabgestoßen wurde. Daneben fanden wir Reifenabdrücke vom Auto des Täters. Nach Füllhorns Tod wurde sein Wagen zur Aufschlagstelle gefahren und der Tote darin bis zum Tümpel gebracht und dann hinters Lenkrad gesetzt. Fingerabdrükke des Täters fanden sich weder am Lenkrad noch anderswo. Im Wagen des Toten lag eine leere Whiskyflasche, die Fingerabdrücke des Toten trug.

Hollergeschwandtner weiß mit diesen Spuren noch nicht viel anzufangen. Kant lächelt. »Nun, immerhin sind das doch einige brauchbare Hinweise.«

»Kann nicht sehen, daß sie uns weiterbringen. Warum traf sich Füllhorn mit seinem späteren Mörder nachts ausgerechnet auf der Müllkippe? Wie gelangte er trotz der Schranke überhaupt auf das Gelände?«

»Die Schranke kann manuell betätigt werden.«

»Und warum stellten beide ihre Wagen nahe dem Abgrund ab? Wollte Füllhorn den Täter erpressen? Wozu? Hatte er das nötig? Trank er sich vorher Mut an? Er wird doch nicht eine leere Whiskyflasche bei sich gehabt haben. Und warum ließ der Täter sein Opfer nicht unten liegen, sondern brachte es auf so aufwendige Weise in den Wagen?«

»Ich habe noch eine Überraschung für Sie. Neben dem Beifahrersitz lag ein Leinenlappen, wie man ihn zum Putzen der Autofenster verwendet. Er hatte einen schwachen Geruch an sich, der mir – sagen wir vorsichtig – sehr bekannt vorkommt.«

»Ein Parfüm?« Hollergschwandtner lehnt sich gespannt vor.

»Es könnte auch ein After-shave sein. Aber ein After-shave hält nicht so lange seinen Duft. Es ist eher ein Eau de toilette.«

»Das Sie kennen?« Hollergschwandtner atmet heftig. »Sie haben es identifiziert? Mann, so reden Sie doch!«

»Ich benutze es selbst. Es heißt DRAKKAR NOIR.«

»Ist das ein Geständnis, Kommissar? Haben Sie ein Alibi für die Tatzeit?« Der Herr Oberstatsanwalt entwickelt trotz seiner Erregung noch Humor. Kant lächelt erneut. »Nur meine Frau. Aber sie würde mir jederzeit ein Gefälligkeitsalibi geben. Nun, ich kann Ihnen sagen, wer dieses Eau de toilette ebenfalls benutzt: Rosenbluth.«

Der Oberstaatsanwalt legt langsam die Zigarre auf den Ascher, steht auf, umrundet einige Mal Kant und den Schreibtisch, setzt sich und fragt: »Und warum läuft der Mann immer noch frei herum?«

»Weil das, glaube ich, noch kein Beweis ist. Ich möchte morgen früh eine Hausdurchsuchung durchführen. Seinen Wagen untersuchen lassen. Schuhabdrücke vom Rand der Kippe überprüfen.«

»Gut. Das bringt uns hoffentlich weiter.«

»Nur eins will mir nicht in den Sinn. Warum hat Rosenbluth auch noch seinen Freund getötet? Und warum haben sich die beiden ausgerechnet an der Müllkippe getroffen?«

»Das wird sich alles noch herausstellen! Ist doch im Augenblick auch völlig nebensächlich!« Hollergschwandtner bricht plötzlich in glucksendes Gelächter aus. »Rosenbluth! Vielleicht ergibt sich nun eine ganz neue Variante! Kein politischer Mord! Kein Rachefeldzug gegen Umweltsünder! Eine simple Dreiecksgeschichte. Rosenbluth tötet den Mann der Frau, die er liebt!«

»Daran habe ich auch schon gedacht. Aber wie erklären sich dann die Morde an Knopf und Strabernack?«

»Wer sagt Ihnen denn, daß sie mit Füllhorns Ermordung etwas zu tun haben? Vielleicht ist es einfach ein Trittbrettfahrermord. Zwei Morde und einen Mordversuch gab es schon, und Rosenbluth sagte sich: Bring ich mal schnell Füllhorn um, man wird diesen Mord dem Serienmörder zuschreiben. Ist doch alles schon dagewesen!«

Dienstag, 12. August 1992

Nachts ist das Wetter umgeschlagen. Lastender Hitze folgten Sturm, Regen und Kälte. Kant fährt gelassen über die einsame Landstraße. Wirrwa neben ihm ist ebenso schweigsam wie er.

Um acht Uhr stehen sie vor dem Pavillon. Niemand öffnet.

Rosenbluth ist sicher, vermuten sie, bei Birgit Füllhorn zu finden.

So ist es auch. Er selbst öffnet die Tür. Sein feuriger Blick wirkt erloschen. Er geht voraus und führt Kant und Wirrwa ins Wohnzimmer. Kant hat heute morgen auf sein After-shave verzichtet. Er will seine Nase freihalten von jeglichem eigenen Duftwassergeruch. Kant, der sich dicht hinter Rosenbluth hält, nimmt deutlich den Geruch von DRAKKAR NOIR wahr. Rosenbluth fordert die Herren auf, Platz zu nehmen. »Soll ich Frau Füllhorn rufen?«

»Ich bitte darum.«

Rosenbluth geht hinaus und kehrt bald zurück. »Sie wird gleich kommen.«

Kant eröffnet das Gespräch. »Ich habe die Anweisung für eine Hausdurchsuchung.«

»Hausdurchsuchung?« murmelt Rosenbluth mit abwesendem Blick. »Warum?«

»Sie stehen unter dem Verdacht, Doktor Füllhorns Tod verschuldet zu haben.«

Rosenbluth zeigt keine Reaktion. Nach langem Schweigen sagt er: »Das ist ein Irrtum, Herr Kommissar. Ich hätte nie geglaubt, daß Sie sich so täuschen könnten.«

»Sie haben nichts zu sagen? Nichts zu erklären?«

Rosenbluth schüttelt den Kopf. Den Kopf in die Hände, die Ellbogen auf die Knie gestützt, starrt er stumm vor sich hin. Draußen sind Schritte zu hören. Rosenbluth richtet sich auf. Wie ein witternder Wachhund, denkt Kant.

Birgit Füllhorn erscheint an der Tür. Kein majestätischer Auftritt mehr in wallendem Gewand. Eine Marmorstatue in schwarzem Kostüm. Sie bewegt sich wie ein Automat.

»Haussuchung, Birgit.«

Sie sinkt auf einen Sessel und schließt die Augen. »Wenn es sein muß …«

»Zuerst möchten wir uns Ihren Wagen ansehen, Herr Rosenbluth.«

Rosenbluth führt die Kriminalisten auf den Hof. Er zeigt auf einen weißen FORD ESCORT.

»Ist das Ihr Auto, Herr Rosenbluth?«

»Ja natürlich.«

»Sie kamen gestern mit einen OPEL KADETT zur Identifizierung des Toten.«

»Der OPEL KADETT ist Birgits Wagen.«

»Warum nahmen Sie Frau Füllhorns Wagen?«

»Ja, warum denn nicht?« fragt Rosenbluth nervös.

»Neben den Spuren von Doktor Füllhorns Wagen am Rande des Abgrunds fanden wir Reifenabdrücke eines zweiten Wagens.«

»Des Täters wahrscheinlich.«

»Des Täters sicherlich. Wir brauchen nur noch diese Reifenabdrücke mit denen vom Wagen des Täters zu vergleichen. Deshalb werden Sie uns mit Ihrem Auto begleiten. Wir werden das Reifenprofil untersuchen lassen.«

Rosenbluth wendet sich abrupt ab. Er öffnet die Tür seines Autos, setzt sich hinters Lenkrad und steigt wieder aus. Sehr müde auf einmal. Er lehnt sich an die Wagentür und sagt: »Sparen wir uns die Mühe. Es ist mein Auto, das neben Doktor Füllhorns Wagen stand. Aber ich habe ihn nicht getötet.«

»Und wer war es dann?«

Kants Frage scheint Rosenbluth neue Energie zuzuführen. Er lächelt maliziös. »Das herauszufinden ist doch wohl Ihre Sache, Herr Kommissar.«

»Herr Rosenbluth, lieben Sie Frau Füllhorn?«

»Mein Verhältnis zu Frau Füllhorn geht Sie überhaupt nichts an!« schreit Rosenbluth. »Nichts, gar nichts!«

»Ist es eine intime Beziehung?«

Rosenbluth atmet erregt. Kant glaubt, das Geräusch der Zähne zu hören, die Rosenbluth aufeinanderpreßt.

»Wußte Doktor Füllhorn von Ihrer Beziehung?«

»Beziehung, Beziehung, von welcher Beziehung denn!«

Rosenbluth packt plötzlich Kants Arm. »Kommen Sie! Bitte!«

Er zieht den Kommissar zu einer weißen Gartenbank, die von zwei Trauerweiden umrahmt wird. Er läßt sich auf der Bank nieder und schielt zu Wirrwa hin, ob der sich auch außer Hörweite befindet.

»Meine Beziehung zu Birgit Füllhorn ist kompliziert, Herr Kommissar, sehr kompliziert.« Er weist zu Wirrwa hin. »Diese jungen Leute verstehen das nicht mehr. Birgit und ich – ja, da ist schon Liebe im Spiel. Die Kunst verbindet uns. Aber das ist es nicht allein. Wir brauchen einander – ich ihre Bewunderung und sie meine Zuneigung. Sie ist immer sehr einsam gewesen neben ihrem Mann. Er vergrub sich in seiner eigenen …« Rosenbluth sucht nach passenden Worten. »… in seiner eigenen bizarren Welt. Er hat Birgit nicht mehr wahrgenommen. Schicksal, niemand kann dafür. Ich liebe sie. Aber so romantisch Ihnen das auch erscheinen mag, es blieb eine rein platonische Liebe.« Er fügt hinzu: »So schwer mir das manchmal auch fiel. Und ihr vielleicht auch.«

Mag sein, denkt Kant, solange Dr. Füllhorn noch lebte. Aber man kann sich ja des störenden Ehemannes entledigen. Er steht auf. »Ihr Geständnis, zur Tatzeit am Tatort gewesen zu sein, wiegt schwer. Sie werden uns zu weiteren Vernehmungen ins Amt begleiten müssen.«

Rosenbluth darf sich von Frau Füllhorn verabschieden. Sie umarmen einander wortlos. Dann steigt Rosenbluth in den Wagen des Kommissars. Wirrwa sitzt neben Rosenbluth. Der hat den Kopf zurückgelehnt und die Augen geschlossen. Er pfeift leise vor sich hin, den Anfang der Marseillaise. Ein Staccato heller Trompetenstöße.

Wirrwa zweifelt nun nicht mehr daran: Der Mann ist ein Psychopath.

Ins Amt zurückgekehrt, findet Kant die Nachricht vor, er solle Dr. Walthari anrufen.

»Auf Ersuchen von Herrn Oberstaatsanwalt haben wir noch gestern abend die Obduktion vorgenommen«, sagt Walthari. »Tod durch Sturz aus großer Höhe. Schädelbasisbruch, zahlreiche weitere Brüche, innere Blutungen. Alles wie erwartet. Aber nun ein Bonbon, Herr Kommissar! Hoher Alkoholspiegel, zwei Komma vier Promille. Und dazu eine beträchtliche Menge FAUSTAN. Sie ahnen, was das bewirkt – Tranquilizer plus Alkohol?«

Kant weiß es. Es wirkt extrem beruhigend.

»Ja«, bestätigt Walthari, »es erzeugt eine Arschruhe.«

Wofür? überlegt Kant. Wofür? »Wollte er sich damit auf diese unangenehme oder gefährliche Begegnung auf der Müllkippe vorbereiten?«

»Auf eine Begegnung sicherlich. Mit dem Tod!« Kant fühlt, wie sein Puls zu galoppieren beginnt. »Meinen Sie damit, Füllhorn habe Selbstmord begangen?«

»Wahrscheinlich.«

»Aber nicht sicher?«

»Sie wissen doch, bei einem Sturz aus großer Höhe bleibt immer ein Rest Ungewißheit.«

Kant dankt und legt verwirrt den Hörer auf. Der alte Verdacht regt sich wieder mit Macht. War Füllhorn doch der Täter? Und ein Selbstmord das Eingeständnis seines Scheiterns? Aber eine Leiche fährt nicht mehr Auto. Rosenbluth ist mit im Spiel. Doch das ergibt auch keinen Sinn. Kant informiert Wirrwa über den Obduktionsbefund. Wirrwa glaubt nicht an Selbstmord. Kant läßt Rosenbluth vorführen.

»Sie haben inzwischen etwas Zeit zum Nachdenken gehabt, Herr Rosenbluth. Haben Sie uns jetzt etwas zu sagen?«

»Nein, Herr Kommissar.«

»Wollen Sie Ihren Anwalt verständigen?«

»Ich brauche keinen Anwalt.«

»Herr Rosenbluth«, sagt Kant geduldig, »so kommen wir doch nicht weiter. Ich halte Sie für so intelligent, daß Sie begreifen, wann Sie keine Chance mehr haben. Ich kann Sie natürlich auch in die Zelle zurückbringen lassen. Und wir warten gemütlich auf die Analyse der Reifenspuren.«

»Dann möchte ich in die Zelle zurück.«

»Sie wollen sich also nur den materiellen Beweisen beugen? Nun gut.«

In diesem Augenblick kommt Bewegung in den scheinbaren Stillstand. Die Witwe Birgit Füllhorn reißt, mit einem Rest pomphaften Auftretens, das Geschehen an sich, als sie unter dem Protest der Sekretärin in das Vernehmungszimmer hereinbricht.

»Ich muß Herrn Rosenbluth sprechen!«

»Das ist jetzt nicht möglich, Frau Füllhorn.«

»Auch nicht in Ihrer Gegenwart?«

»Was haben Sie ihm denn mitzuteilen? »

»Daß er die Wahrheit sagen soll.« Sie blickt, während sie mit Kant spricht, nur Rosenbluth an. »Er soll sich mit seinem Schweigen mir zuliebe nicht in falschen Verdacht bringen.«

Kant ahnt neue Winkelzüge. Aber er wird vorläufig nicht eingreifen.

Sie tritt einen Schritt auf Rosenbluth zu und sagt beschwörend: »Sag ihnen, was wirklich geschehen ist. Irgendwie werde ich schon damit fertig werden.«

Rosenbluth atmet hörbar aus, erleichtert. »Aber willst du nicht lieber selbst …?«

»Es geht mir nicht gut. Die vielen Beruhigungsmittel seit vorgestern … Darf ich mich setzen, Herr Kommissar?«

Kant weist auf einen Stuhl. Auch Rosenbluth darf wieder Platz nehmen. Die Handfessel wird ihm abgenommen.

»Ich hoffe«, beginnt Rosenbluth, »ich bringe alles noch richtig in die Reihe. Vorgestern, das war eine schreckliche Nacht. Es begann für mich damit, daß mich Frau Füllhorn gegen zweiundzwanzig Uhr anrief, es sei etwas Entsetzliches geschehen, ich möchte doch gleich zu ihr kommen.«

Am frühen Abend war Doktor Füllhorn weggefahren und

nicht zum Abendessen zurückgekehrt. Das war ungewöhnlich, denn wenn er sich unterwegs verspätete, rief er seine Frau an. Als er nach neun immer noch nicht zu Hause war, wurde Birgit unruhig. Sie wanderte durch die Räume, beschäftigte sich hier und da mit Kleinkram und entdeckte dabei auf ihrem Nachttisch einen Brief. Für Birgit, stand darauf geschrieben, in der Handschrift ihres Mannes. Das war so ungewöhnlich, daß sie den Brief in banger Vorahnung öffnete. Sie hatte sich nicht getäuscht. Es war ein Abschiedsbrief. Darin erklärte Füllhorn, er werde aus dem Leben scheiden. Man werde ihn auf dem Grund der Müllkippe finden – wie Knopf, der durch ihn zu Tode gekommen sei. Schon am nächsten Tage würde ihm Kommissar Kant nachweisen, daß er auch Strabernack getötet und die Meerapfel zu töten versucht habe.

Erregt, verstört, erschüttert saßen die beiden bis etwa Mitternacht zusammen und tranken Kaffee und Kognak und warteten, hofften, daß Füllhorn doch noch zurückkommen würde. Je weiter die Zeit vorrückte, desto mehr ängstigte sich Birgit Füllhorn vor dem, was am nächsten Tag geschehen würde. Die Leiche würde gefunden und die Verbrechen Füllhorns bekannt werden. Journalisten würden das Haus stürmen. Sensationsberichte in der Presse. Anonyme Anrufe und Drohungen. Verachtet und geächtet ringsum. Sie, die Künstlerin, die Frau eines solchen Untäters! Der Name Füllhorn, des einst so beliebten Arztes, nun für immer besudelt und entehrt! Rosenbluth verstand natürlich ihre Ängste. Wenn sich Füllhorns Tod, so begann er laut nachzudenken, wenn sich sein Selbstmord vielleicht als Mord tarnen ließe? Dann würde er sich in die Reihe der drei andern ungeklärten Fälle einfügen und Birgit von Schande und Sensationsgier verschont bleiben. Allmählich begann sich Birgit mit diesen

Überlegungen zu befreunden. Von Alkohol und innerer Erregung angetrieben, fuhren die beiden in Rosenbluths Wagen zur Müllkippe, fanden den Toten, bedeckten im Schein einer Taschenlampe die Blutlache mit Steinen, legten die Leiche in den Kofferraum, luden sie am Tümpel dann in Füllhorns eigenen Wagen auf den Fahrersitz um.

Rosenbluth hat das alles sehr stockend berichtet. Immer wieder legte er Pausen ein, wischte sich den Schweiß von der Stirn, blickte Birgit an, ob er auch nichts vergessen habe.

Und das neben dem Beifahrersitz gefundene Leinentuch? Der anstrengende Leichentransport hatte ihn ins Schwitzen gebracht, er hatte sich mit dem Tuch das schweißnasse Gesicht getrocknet und es dann mitzunehmen vergessen.

Nun schweigt Rosenbluth erschöpft. Birgit erhebt sich plötzlich, tritt zu ihm und legt ihren Arm auf seine Schulter. Kant läßt es geschehen. Rosenbluths Bericht stimmt mit Dr. Waltharis Vermutung überein.

»Frau Füllhorn«, fragt Kant behutsam, »warum hat Ihr Mann getötet?«

»Lassen Sie sich das von ihm selbst erklären. Hier ist sein Abschiedsbrief.«

Es ist beklemmend, den Abschiedsbrief eines Selbstmörders in Händen zu halten. Worte zu lesen, die die letzten Worte eines Menschen sind.

Kant setzt sich auf seinen Bürosessel, legt den Brief vor sich auf den Schreibtisch.

»Liebe Birgit, wir werden uns nicht wiedersehen. Nein, es ist keine andere Frau im Spiel. Ich gehe dorthin, von wo es keine Rückkehr gibt.

Heute nachmittag hast Du mir gesagt, der Kommissar sei dagewesen und habe sich nach meinem Verbleib in den letzten Nächten erkundigt. Er habe auch im Paracelsus herumgeschnüffelt. Da wußte ich, er ist mir auf der Spur.

Und sehr bald werde ich ihm erzählen müssen, daß Knopf durch mich zu Tode gekommen ist. An jenem Tage wurde ich zufällig auf der Müllkippe Zeuge, wie der Drogeriebesitzer Weißmantel dem Wächter einen Blauen zusteckte. Ich vermutete, dafür duldete Knopf die Ablagerung von Sondermüll. Wollte mich abends davon überzeugen. Fand auch eine Anzahl verrosteter Büchsen mit Farben, Chemikalien und anderem. Als ich wieder oben war, traf ich auf Knopf und drohte ihm mit einer Anzeige. Er wurde handgreiflich, drang auf mich ein, ich wich zur Seite, er stürzte in den Abgrund. Es war ein Unglück, nicht meine Absicht. Müll zu Müll, dachte ich noch, als ich die Leiche mit Unrat bedeckte.

Und weiter würde ich dem Kommissar erzählen müssen, daß ich Strabernack bewußt getötet habe. In jener Nacht, als Drunkemölle ihn nicht in seinem Wagen einsteigen ließ, wartete ich hinter der Kurve. Ich bot Strabernack an, ihn mitzunehmen. Eigentlich wollte ich ihm nur einen Denkzettel verpassen, ihn zu einem Drink auffordern und ihm etwas ins Getränk tun, ein starkes Abführmittel vielleicht, wie wir es früher als Studentenulk getan haben. Wir fuhren zu unserer Datsche. Strabernack war bereits angetrunken. Es kam dann irgendwie zur unvermeidlichen Auseinandersetzung über das Stille Tal. Das versumpfte Tal trockenzulegen sei eine faustische Tat! lallte er. Seine höhnische Selbstgefälligkeit mach te mich rasend. Du weißt, Birgit, wie geduldig ich bin. Aber wehe, wenn ich einmal ausraste! Ich schlug ihm eine Flasche auf den Schädel. Bewußtlos sackte er um. Was tun, wohin mit ihm? Mir fiel ein, daß die Kalkgrube gerade aufgefüllt worden war. Ich brachte den Bewußtlosen im Wagen dorthin, schob ihn kopfüber in die Grube und deckte sie wieder zu.

Und schließlich müßte ich dem Kommissar erzählen, daß ich es war, der die Meerapfel zur Rechenschaft ziehen mußte. Mehrere Tage vor Rosenbluth hatte ich entdeckt, daß unser Fischteich erneut vergiftet worden war. Als langjähriger Hausarzt der Meerapfel kannte ich ihre Marotte, im Garten zu duschen. Es war mir ein leichtes, nachts einige Flaschen Natriumhydroxid in den Wasserkessel zu schütten. Leider konnte ich diesmal meinen Auftrag nicht zu voller Zufriedenheit erfüllen. Der Strafvollzug endete nicht tödlich. Aber Erblindung ist auch eine ganz wirkungsvolle Sühne.

Du wirst fragen, Birgit, was ist das für ein Auftrag, der mich leitet, ich habe doch nie darüber gesprochen. Du hast recht, Birgit, Du weißt gar nichts über mich. Ich sprach nie über mich, und du hast nie nach mir gefragt. So ist Dir auch die Tragik meines ganzen Lebens entgangen. Ich bin immer Opfer gewesen. Schon als Kind. Immer mußte ich hinter meinem jüngeren Bruder zurückstehen. Du bist der Ältere! Du mußt Rücksicht üben! Vernünftig sein! O ja, Rücksicht üben, vernünftig sein, geduldig, brav! Ich war vernünftig und erkaufte mein Medizinstudium mit dem verhaßten Armeedienst für drei Jahre. Ich war geduldig, als ich Chefarzt werden sollte und mir dann Lohmüller vorgezogen wurde, nur weil er in der richtigen Partei war. Ich übte Rücksicht, als Du die Liaison mit Rosenbluth begannst. Geduldig sah ich zu, wie Du seinen verlogenen Schmeicheleien verfielst. Du merktest nicht, daß er auf etwas ganz anderes scharf war als auf Deine albernen Wandsprüche. Ich war ein Opfer von Strabernacks ›faustischem Drang‹ und der Giftmischerin Meerapfel. Immer mehr begann ich, mit allen Opfern zu fühlen, mit Tier und Baum und Pflanze, die stumm und wehrlos der Profitsucht, Gleichgültigkeit, Roheit und Dummheit erlagen. Zuerst verblieb mein Haß nur im Reich der Wunschträume. Dann las ich einmal, daß ein Japaner mit einer Schrotflinte Frauen durchlöcherte, die einen Pelzmantel trugen. Diese konsequente Vergeltung an den Pelzträgerinnen faszinierte mich. So formte sich in mir die Strategie der analogen Vergeltung. Ich übte sie zum ersten Mal bewußt an Strabernack aus. Daran erinnere ich mich noch genau. Nachdem ich Strabernack in der Kalkgrube versenkt hatte, fuhr ich nach Hause zurück. Du saßest indes mit Rosenbluth oben bei den BRANDENBURGISCHEN KONZERTEN. Und hast mir nichts angemerkt: daß ich von einer tiefen Ruhe und Heiterkeit erfüllt war. Knopfs Tod war noch unbeabsichtigt gewesen. Aber als ich Strabernack hinrichtete, hatte ich endlich eine Grenze überschritten. Ich mochte nicht mehr vernünftig, nicht mehr geduldig Unrecht und Verbrechen hinnehmen. Wollte mich endlich mit den gleichen Mitteln wehren, mit denen andere mich gedemütigt hatten.

Siehst du, die analoge Vergeltung ist die höchste Form von Gerechtigkeit. Schon die Bibel fordert sie. In der Magie des Paracelsus hatte ich ihren bildhaften Ausdruck entdeckt. Jedes äußere Zeichen deutet auf einen inneren Zustand. An der Meerapfel und an Strabernack konnte ich dieses Prinzip in seinem ganzen vollen ästhetischen wie moralischen Umfang verwirklichen. Die das Wasser vergiftet hatte, wurde mit vergiftetem Wasser gezeichnet. Und Strabernack, der das Feuchtbiotop austrocknete, trocknete in seinem Kalkgrab aus.

Strabernacks armselige Mumie widerlegt seine Illusion, er habe Fausts höchstes Ziel verwirklicht, Sumpfland in Weideland zu verwandeln. Er hat es getan, aber um welchen Preis! Ausgerottet sind die Disteln und die wilde Minze und die Orchideen. Verschwunden die Libellen, Schmetterlige und die goldäugigen Kröten. Ein kleines Paradies wurde unwiederbringlich verloren. Faust ist widerlegt, seine Utopie ist selbstzerstörerisch.

Aber ich fürchte, Birgit, die Zeit eilt mir davon. Der Kommissar kann jeden Augenblick erscheinen, um über mich zu triumphieren. Doch dazu hat er keinen Grund. Ich bin nicht an seiner überlegenen Intelligenz gescheitert. Gescheitert bin ich an der traurigen Realität und an mir selbst. Knopf, Strabernack, die Meerapfel waren greifbare Personen, die greifbar abgestraft werden konnten. Nun will die AGRAR ein Freizeitzentrum im Stillen Tal errichten. Die Bagger sind schon unterwegs. Der Investor ist ein französisches Unternehmen. Wie soll ich die Schuldigen ausfindig machen? Sie sind fern und anonym. Die Schuldigen sind allerorten auf der Welt. Ich müßte Millionen Arme und Unmengen von Gift haben, um die Giftmischer zu vernichten. Das ist unmöglich. Mein Auftrag ist undurchführbar. Mit dieser Enttäuschung kann ich nicht weiterleben. Leb wohl, Birgit. Du findest mich auf der Müllkippe. Müll zu Müll. Holger.«

Mittwoch, 13. August 1992

Oberstaatsanwalt Hollergschwandtner ist richtig glücklich. Heute leistet er sich eine Luxuszigarre. Alle drei Fälle sind aufgeklärt. Unter seiner Leitung, so darf er sich rühmen. Am Nachmittag wird er der Presse ausführlich berichten, nebenbei auch Kants Anteil (er hat so etwas Pathologisches schon vorher geahnt) erwähnen und überhaupt den Teamgeist seiner Mannschaft hervorheben. Auch die Ostkriminalisten, wird er in seinem Drang nach Harmonie betonen, verstünden durchaus ihr Handwerk. Er wird die ökologische Misere, die den Täter so erregte, vorwiegend als Altlast darstellen, aber so weit wie möglich in den Hintergrund drängen. Denn schließlich sollen ökologische Bedenken die Investitionslust in den neuen Bundesländern nicht allzusehr beeinträchtigen.

Darauf hat erst kürzlich der Minister wieder im Landtag hingewiesen. Ist ja auch wahr, schließlich bleibt die Ökonomie das A und O künftigen Wohlstandes. Ich werde mich also lieber, sagt sich Hollergschwandtner, mit den Abgründen in der Seele des Täters befassen und die Hoffnung aussprechen, dieses anarchische Selbsthelfertum möge ein Einzelfall bleiben, untauglich, soziale Konflikte zu bewältigen. Wenn mir die Presse auf diesem Wege folgt, kann ich den Fall Füllhorn bald zu den Akten legen.

Kommissar Kant dagegen ist nicht annähernd so glücklich. Ihn quält der Katzenjammer nach dem Erfolg. Er empfindet keinen Triumph, eher Mitgefühl für eine zerstörte Persönlichkeit. Jeder Mörder mordet schließlich auch sich selbst. Kant hat nach einer letzten Erklärung für Füllhorns Verfall gesucht. Er hat in den SCHWIERIGEN CHARAKTEREN nachgelesen und im Kapitel über fanatische Verbohrtheit eine Ähnlichkeit mit Füllhorn entdeckt. Schwelende Affektivität heißt die Erklärung. Fanatische Verbohrtheit, las er, führt tief in einen sozialen Nervenkrieg hinein. Sie bildet allmählich ein Rollenbewußtsein heraus, das den einzelnen über andere erhebt und in ihm eine Art von Sendungsbewußtsein erzeugt. So entsteht ein Lebensmodell, das von blindem Aposteltum beherrscht wird. Subjektives Unglückserleben zwingt solche Menschen, durch Verwirklichung fanatisierter Ziele die gestörte Gerechtigkeit wiederherstellen zu müssen ...

Das wär's also gewesen. Trotzdem bleibt ein unerklärlicher Rest. Denn die menschliche Phantasie reicht nicht aus, um sich die Auswucherungen der Phantasie vorstellen zu können. Im Gegensatz zu Oberstaatsanwalt Hollergschwandtner ahnt Kant, der Fall Füllhorn könnte mehr werden als nur ein Einzelfall in einem Gebirgsdorf. Eigentlich müßte er als ein Alarmsignal verstanden werden für eine zwar schon erkannte, aber nicht gebannte Menschheitskatastrophe.

Menschheit! denkt Kant. Was kümmert den einzelnen Menschen die Menschheit, solange ihn seine kleine Anti-Welt – die gleich hinter den Wiesen beginnt – nicht begräbt. Noch steht er oben am Rande des Abgrunds. Aber der weitet sich aus, täglich. Langsamer zwar als das explodierende Weltall, doch ebenso unaufhaltsam.

ISBN 3-359-00687-9

1. Auflage

Umschlagentwurf: Erhard Grüttner
Satz: Pencil, Text-Satz-Korrekturbüro
Printed in Germany